Andrea Schacht
Weihnachtskatze gesucht

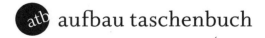
aufbau taschenbuch

ANDREA SCHACHT lebt in der Nähe von Bad Godesberg. Neben historischen Romanen hat sie etliche Bücher veröffentlicht, in denen Katzen eine Hauptrolle spielen. Bei Rütten & Loening liegen von ihr vor: »Das doppelte Weihnachtskätzchen«, »Der fliegende Weihnachtskater« sowie »Die keltische Schwester« und »Schiffbruch und Glücksfall«. Im Aufbau Taschenbuch veröffentlichte sie »Der Tag mit Tiger«, »Auf Tigers Spuren«, »Tigers Wanderung«, »Die Katze mit den goldenen Augen«, »Hexenkatze«, »Zauberkatze«, »Katzenweihnacht« sowie »Weihnachtskatze gesucht«.

Seit ihre Katze SueSue überfahren wurde, trauert Salvia jeden Tag, doch ein anderes Tier möchte sie nicht. Nun versucht sie sich ganz auf ihre zweite Leidenschaft zu konzentrieren: In ihrem Blumenladen bindet sie die schönsten Sträuße. Kurz vor Weihnachten jedoch sieht sie auf einer Ausstellung Fotografien, die sie in den Bann ziehen. Steve Novell, ein anerkannter Reporter, hat sich nach einem Unglück in ihre Stadt zurückgezogen. Von ihm stammen Bilder von Katzen, die er auf einem alten Friedhof aufgenommen hat. Salvia glaubt, auf einer der Aufnahmen SueSue wiederzuerkennen. Aber wie kann das sein? Steve erweist sich als wortkarger Einsiedler, der ihr bei ihr bei der Suche nach SueSue keine Hilfe sein will. Bis er erkennt, wie faszinierend Katzen sind – und dass auch Salvia ihre Reize hat.

Andrea Schacht

Weihnachtskatze gesucht

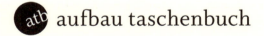 aufbau taschenbuch

ISBN 978-3-7466-2881-3

Aufbau Taschenbuch ist eine Marke der Aufbau Verlag GmbH & Co. KG

1. Auflage 2012
© Aufbau Verlag GmbH & Co. KG, Berlin 2012
Die Orignalausgabe erschien 2010 bei Rütten & Loening,
einer Marke der Aufbau Verlag GmbH & Co. KG
Umschlaggestaltung Mediabureau Di Stefano, Berlin unter Verwendung
eines Motivs von W. Saunders/Private Collection/Bridgeman Berlin und eines
gezeichneten Katzenportraits von Knut Maibaum, DIE ILLUSTRATOREN
Druck und Binden CPI – Clausen & Bosse, Leck
Printed in Germany

www.aufbau-verlag.de

Personen

SueSue – eine Katze mit kleinen Ohren und einem großen Löwenherzen, höchst fotogen.

Ormuz – ein blinder Kartäuserkater, der die Orientierung wiedergefunden hat.

Mac – dreibeiniger Revierchef auf dem Gnadenhof.

Salvia – eine unglückliche Buchhalterin mit einer glücklichen Hand für Blumen und Katzen.

Steve – ein Veteran aus vielen Pressekriegen, der sein Herz für fotogene Katzen entdeckt hat.

Hertha – Steves Haushälterin, die dem einsamen Wolf das Fell zu zausen versteht.

Rudolf – Blumenhändler mit Besenbinderqualitäten.

Tinka – Pflegerin auf dem Gnadenhof, die ihre Rolle als Bedienstete vollkommen ausfüllt.

Mona – eine einfühlsame Freundin und Restaurantbesitzerin.

1. Die Falle

K rrrabatsch«, sagte die metallene Klappe, als sie hinter SueSues Schwanz niederschepperte.

SueSue sagte auch etwas, das sich für menschliche Ohren etwa wie »Miauuuuutsch!« anhörte und etwas Unaussprechliches bedeutete.

Verständlich, denn sie saß fest. In einer Falle. Gitter rechts, Gitter links, Gitter hinten, Gitter vorne. Oben auch. Unten ein Napf mit Futter.

Der interessierte sie jetzt nicht mehr.

Den Mann, der eben eine Decke über das ganze Konstrukt warf, bedachte sie mit weiteren kätzischen Obszönitäten, die aus verständlichen Gründen hier nicht wiedergegeben werden sollen. Doch dann wurde es dunkel unter der Decke, und SueSue ergab sich in ihr Schicksal.

Kurzfristig.

Als das Brummen und das Geschaukel anfingen, kreischte sie gellend und unüberhörbar. Sie verstummte erst, als man sie samt Gitterfalle wieder aufhob und irgendwo hintrug, wo es nach Tier roch.

Die Decke verschwand, zwei Menschengesichter tauchten auf und beäugten sie neugierig.

»Sie haben recht, das scheint wirklich eine kleine Devon Rex zu sein. Unbeschreiblich, was manche Menschen mit ihren teuer erworbenen Rassekatzen anstellen«, hörte SueSue die Frau sagen, die, wenn man es recht betrachtete, sanfte Augen und eine freundliche Stimme hatte.

Menschen waren eigentlich so übel nicht, war SueSues Erfahrung. Außer wenn sie einem blöde Schleifen um den Hals wickelten oder in scheppernde Fallen und schaukelnde Autos steckten.

Diese Frau hier schien nichts dergleichen vorzuhaben. Sie öffnete sogar das Gitter, um SueSue aufzufordern, auf den Tisch zu treten.

»Komm, Kleine, wir müssen dich mal ansehen. Du siehst ein bisschen strubbelig aus.«

Kein Wunder, oder? dachte SueSue. Das Leben war in den letzten Tagen etwas rau gewesen. Aber strubbelig – das war eine Grundeigenschaft ihres Fells, auf das sie eigentlich stolz war. Strubbelig war auch nicht der richtige Ausdruck, wellig oder lockig passte viel besser.

Sie wollte jedoch nicht kleinlich sein und trat aus der Falle.

Höflich hielt ihr die Frau die Finger hin, damit sie sie beschnüffeln konnte.

»Ich bin Tinka, deine persönliche Bedienstete. Was kann ich für dich tun?«

Es schwang ein Kichern in der Stimme mit, und so tupfte SueSue ihre Nase an die Finger, die ein bisschen nach Futter rochen, und erlaubte es dieser Tinka auch, sie vorsichtig im Nacken zu kraulen.

»Ei, ei, da sind ein paar Narben unter dem Pelzchen. Du weißt dich deiner Haut zu wehren, Curly?«

SueSue hatte das tatsächlich lernen müssen. Sie gab einen zustimmenden Laut von sich.

»Dann wollen wir mal sehen, wie du mit unserem Hofrudel klarkommst. Aber vorher, meine Kleine, müssen wir dich noch mal nach Mitbewohnern untersuchen.«

Das war nicht wirklich angenehm, die Tropfen im Fell rochen fies, und das Zeug, was sie ihr zwischen die Zähne zwängte, schmeckte scheußlich, aber alles in allem war es nicht ganz so schlimm. Und die Belohnung war ein Napf voll köstlichem Futter mit Soße, wie SueSue es schon lange nicht mehr bekommen hatte. Sie schlug sich den mageren Bauch voll und rollte sich in einem Korb mit einem alten, weichgewaschenen Handtuch zusammen, um in einen erholsamen Schlaf zu sinken.

Auch das hatte sie schon lange nicht mehr getan.

Als sie wieder wach wurde – es roch nach Futter, das brachte sofort alle ihre Sinne in Schwung –, fiel helles Sonnenlicht durch das Fenster des Raumes. Eine Seltenheit in diesen Tagen, die so dunkel und kurz waren. Wieder war es Tinka, die sich um sie kümmerte, und als Sue-Sue die Futterportion weggeschlappt hatte, meinte die Menschenfrau: »So, und nun ist Schluss mit der Sonderbehandlung im Einzelzimmer. Jetzt lernst du unsere Gesellschaft kennen.«

Eine geöffnete Tür führte nach draußen, und sehr vorsichtig setzte SueSue eine Pfote vor die andere. Sie hatte gelernt, in fremden Revieren aufmerksam zu sein.

Ein rascher Rundumblick zeigte ihr ein Geviert aus

Häusern und Stallungen, ein offenes Tor führte auf eine Weide hinaus. Nicht schlecht. Es gab weit schrecklichere Örtlichkeiten. Solche mit rasenden, stinkenden Autos oder solche mit zähnefletschenden Hunden.

Andererseits – nach Hund roch es hier auch. Einer lag da, auf einer Matte. Blinzelte sie müde an, gähnte und zeigte ein zahnloses Maul.

»Berni tut dir nichts, Kleine; der frisst hier nur noch sein Gnadenbrot.«

Mümmeln, nicht fressen, korrigierte SueSue für sich. Und an ihr würde der Hund bestimmt nicht rummümmeln. Auch die beiden mageren Esel machten keine Anstalten, nach ihr zu treten, sondern betrachteten sie nur mit milder Aufmerksamkeit.

Mit weitaus größerem Interesse aber bohrte sich ein gelbgrüner Blick in ihr Nackenfell, das sich auch prompt sträubte.

Dann gab es auch schon einen Plumps neben ihr, und ein riesiger Grautiger funkelte sie herrisch an.

»Das ist Mac, Kleine – er spielt sich hier als Boss auf«, erklärte Tinka von oben herab.

Richtig, der spielte sich auf.

Brummte auch schon drohend.

»Willste Zoff?«, fragte SueSue leise.

»Klar!«

»Kannst haben!«

Scrrratsch – zischte ihre Kralle durch die Luft, und nur ein zügiger Sprung zurück verhinderte, dass Macs Nase vor Blut troff.

»Du scheinst nicht viel Hilfe zu brauchen, Curly«, meinte Tinka. »Macht das unter euch aus. Das Revier ist groß genug, dass ihr euch aus dem Weg gehen könnt.«

Aus dem Weg gehen war nun nicht die Option, die SueSue für sich gewählt hätte. Dazu hatte sie viel zu lange einem eigenen Revier vorgestanden.

Als Mac sich von seinem ersten Schrecken erholt hatte, ging er erneut zum Angriff über. Dummkralle, schloss SueSue und sauste an ihm vorbei. Er hinterher. Sie unter dem Esel durch, über den alten Hund, Holztreppe hoch.

Da am Eingang umdrehen – ein Kreischen.

Fellflusen flogen.

Dann rein. Holzbalken rauf, ein paar ausgesuchte Unflätigkeiten auf den Verfolger prasseln lassen.

Der konterte, aber sie war lauter.

Viel lauter.

Noch eine gehetzte Runde durch die Scheune. Diesmal Mac vorweg, sie hinterher. Einen ordentlichen Flusen aus seinem Schwanz gezogen.

Er dreht sich um, faucht.

Sie auf die Hinterbeine. Kreischt.

Er jodelt. Kampfgesang.

»Lass stecken, Mann«, sagt SueSue, dreht sich um und geht weg,

Langsam, betont gleichgültig.

Er hinter ihr her. Langsam, betont gleichgültig.

Sie über die Schulter: »Für'n Dreibeinigen nicht schlecht, Mac.«

»Für 'ne Kleinohrige auch nich.«

»Pfff.«

»Sind wohl dein schwacher Punkt, was?«

»Pfff.«

SueSue blickte sich um, nun, da die ersten Feindseligkeiten beendet waren. Was sie sah, gefiel ihr. Eine luftige Scheune mit einem Heuboden, Körbe hier und da, bewohnt von allerlei Artgenossen, die sie entweder müde oder aufmerksam anblinzelten. Unten ein Futterplatz, Näpfe mit Trockenfutter, etwas Spielzeug. Auch das hatte es schon lange nicht mehr gegeben.

Sie trottete zwischen den verschiednen Lagern herum und fand eine Schachtel unten auf dem Boden in der Nähe des Tors. Mochte man oben auch den besseren Überblick haben, hier unten war die Flucht schneller möglich. Man lernte, auf solche Feinheiten zu achten.

Zufrieden trampelte SueSue die Decke in der Kiste in Form und bezog ihre neue Lagerstatt.

Eigentlich nicht schlecht, das Quartier. Auch wenn es etwas entwürdigend war, wie sie hierhergebracht worden war. Aber sie hatte sich ja selbst aufgemacht, einen warmen Platz zum Überwintern zu finden. Ihr bisheriges Revier war nicht geeignet, frostklirrende Tage zu überleben.

Zufrieden gönnte sie sich nach der wilden Verfolgungsjagd eine Runde Dösen.

Als sie wieder zu Bewusstsein kam, war der Abend hereingebrochen. Doch ganz so dunkel schien es hier nicht zu sein. SueSue musste zweimal blinzeln, bis sie erkannte, was da die Helligkeit spendete, die durch das Scheunen-

12

tor fiel. Es war dieser große Baum mitten im Hof. Das war ja irre – der leuchtete!

Als ob Hunderte von Glühwürmchen darin saßen.

Glühwürmchenzeit war doch gar nicht, oder?

Neugierig hüpfte sie aus ihrer Schachtel und strich um den Baum herum. Er roch wie Tanne, ganz normal. Und die Lichter waren keine Glühwürmchen.

»Na, Curly, bewunderst du unseren Weihnachtsbaum?«

Tinka kniete neben ihr nieder und streichelte ihren Rücken. Zufrieden machte SueSue einen Buckel und schnurrte leise.

Weihnachtsbaum – natürlich. Das hatte sie fast vergessen.

Ein Weihnachtsbaum! Beinahe sehnsüchtig schaute sie in das flimmernde Geäst.

An Weihnachten hatte sie gute Erinnerungen. An eine warme Heimstatt, gutes Essen, eine liebevolle Frau. Nur die blöde Schleife – aber das war ja nun auch Geschichte.

Tinka war nett, auch wenn ihre Ohren sehr klein waren. Sie rief jetzt auch alle zum Futtern in die Scheune. Gemächlich trollte SueSue hinter ihr her und überließ großmütig dem dreibeinigen Mac den Vortritt.

Es war genug für alle da.

2. Die Ausstellung

Salvia lutschte an ihrem schwärzlichen Daumen. Der Ilex hatte es in sich. Aber er machte sich gut in dem Gesteck, mit dem sie gerade die Säule dekorierte. Es war ein lukrativer Auftrag, den sie gut gebrauchen konnte. Sorgfältig befestigte sie das Schildchen mit ihrem Namen dran, so dass es unauffällig jene über die kreative Blumenbinderin informieren konnte, die sich dafür interessierten. Ein bisschen Pieksen und verharzte Finger waren ein kleines Übel, wenn man etwas Hübsches aus winterlichen Pflanzen herstellen wollte.

Sie trat einen Schritt zurück und betrachtete das Arrangement. Dann nickte sie zufrieden. Nicht kitschig, nicht friedhöflich, nicht alltäglich. Dem weihnachtlichen Wald nachempfunden, eine bizarr geformte Wurzel, Borke, Äste, Moos, besagter piekender Ilex, Wachskerzen, ein paar kleine Kristalle, die wie Eissplitter funkelten.

»In Ordnung so?«, fragte Salvia den Galeristen, der sich neben sie gestellt hatte und das geschmückte Buffet begutachtete.

»Nicht schlecht. Wenigstens nadelt es nicht.«

Ignorant! murrte Salvia innerlich, nickte aber nur und hielt den Mund. Solange der Mann ihre Rechnung bezahlte, durfte er auch dusselige Bemerkungen machen.

Obwohl sie von einem Galeristen, der mit allerlei Kunstwerken sein Geld verdiente, etwas mehr Geschmack erwartet hatte.

Ein Gedanke, der sie dazu verleitete, einen Blick auf die ausgestellten Bilder zu werfen. Bisher hatte sie die Galerie nur einmal besucht, nachdem der Inhaber in Rudolfs Blumenladen angerufen und um einen Tischschmuck für eine Ausstellung gebeten hatte. Der alte Rudolf war irgendwie mit ihm verbandelt, sonst hätte der Mann sicher nicht den Besitzer des schäbigen Eckladens beauftragt, sein nobles Etablissement zu dekorieren. Schnittblumen, zu kunstlosen Riechbesen zusammengebunden – das war Rudolfs Spezialität.

Bis vor ungefähr einem Jahr.

Seither war das Angebot origineller geworden.

Salvias Verdienst.

Sie lächelte und musterte die gerahmten Fotos, die an den weißen Wänden hingen. Steve Novell, so hatte sie der Einladung zur Vernissage entnommen, war der Fotograf, und sein Thema lautete »Leben und Tod«.

Überheblich wie alle Möchtegernkünstler, hatte sie gedacht. Immer gleich die ganz großen Themen mussten es sein.

Doch als sie sich so umschaute, ging ihr durch den Kopf, dass der Fotograf bei weitem kein Amateur war, sondern ein echter Künstler, aber das Motto seiner Werke hätte wohl besser »Tod und Verderben« gelautet. Genial war sicher sein Einfangen von Licht und Schatten, genial auch die Wahl seiner Motive. Aber, um Himmels willen, durch was für eine Hölle war der Mann gegangen? Salvia biss sich auf die Lippen und betrachtete eine Aufnahme, die einen zerschossenen Tanklastwagen inmitten einer staubigen Wüste zeigte. Menschenleer, von kaltem Mondlicht beleuchtet. Ein einzelner Farbfleck – ein pinkfarbenes Tuch mit glitzernden Pailletten. Hatte er es extra an das verbogene, geschwärzte Metall drapiert oder so gefunden? Daneben Bilder von zerschossenen Häuserwänden im gnadenlosen Sonnenlicht, ein schmutziges Plüschtier, zerrissen. Trümmer, Hinterlassenschaften von Gewalt – doch keine Menschen. Aber der Tod war greifbar. Das Leben nicht.

Von Fotografie hatte sie wenig Ahnung, dennoch empfand sie Achtung vor dem, was sie sah. Gewagte Kompositionen waren es, die darauf schließen ließen, dass der Künstler nicht nur in der Lage war, körperlich höchst anstrengende Positionen einzunehmen, sondern wohl auch über eine grenzenlose Geduld verfügte. Schnappschüsse waren das nicht.

Aber dann blieb ihr Blick schon an einer ganz anderen Aufnahme hängen.

Hier passte es, das Thema.

Ein Friedhof. Ein sehr alter Friedhof, wie es schien. Die Steine verwittert, die Gräber verfallen, schiefe Kreuze, ein Engel mit gebrochenem Flügel – Sinnbilder der Vergänglichkeit. Und doch voller Leben. Junges Grün strebte an flechtenbesetztem Granit empor, weiße Blütensterne lugten unter geborstenen Grabplatten hervor, ein Eichhörnchen steckte seine Nase aus der düsteren Eibe, eine grüne Echse sonnte sich auf einer Inschrift.

Fasziniert trat Salvia näher und besah sich die beiden anderen Fotografien daneben aufmerksam.

Je mehr Aufnahmen sie betrachtete, desto mehr vertiefte sich ihr Lächeln. Neben Geduld und Geschmeidigkeit und einer inneren Hölle besaß jener Steve Novell möglicherweise auch ein gerüttelt Maß an Humor. Diese Bilder erzählten Geschichten. Ganz richtig – Geschichten von Leben und Tod.

Dann erstarb Salvias Lächeln, und schmerzliche Trauer umfing ihr Herz. Das Foto in einem grauen Holzrahmen rührte sie unbeschreiblich an. Ein steinerner Engel, gebeugt über einen bemoosten Stein, breitete schützend seine Flügel aus. Doch er wachte nicht nur über die verblichenen Gebeine vielleicht eines geliebten Kindes, sondern über eine schlafende, zusammengerollte Katze, die ihren Schwanz sorgsam über ihre Augen gedeckt hatte. Braun war das Tierchen, inmitten brauner, trockener Eichenblätter. Die Pfoten waren jedoch hell und die spitzen Ohren innen ebenfalls von hellem Flaum bedeckt. Licht und Schatten spielten auf ihrem welligen Fell.

»SueSue«, flüsterte Salvia leise und fuhr mit dem Finger über das Glas des Bildes, als könnte sie die Katze damit spüren.

»Eine Dame, die Ihnen bekannt ist?«, fragte eine Männerstimme neben ihr.

»Oh!« Salvia schrak zusammen. »Verzeihen Sie, ich wollte keine Fingertatschen auf dem Bild hinterlassen.« Verschämt sah sie auf ihre schmuddeligen Finger.

»Kein Problem, es ist ja Glas darüber. Sie sind die Blumenkünstlerin?«

Salvia fing sich und betrachtete den Mann. Verdammt, das war der Fotograf selbst. Groß, wettergegerbtes Gesicht, ungekämmte, lockige Haare, die nach einem Friseur schrien, dicker Pullover, Jeans, Stock.

»Künstlerin?«, murmelte sie. »Im Vergleich zu Ihnen eher Handwerkerin.« Sie sah zu ihrem Gesteck hin, und mit einem Anflug von Selbstironie ergänzte sie: »Aber wenigstens nadelt es nicht.«

Der Fotograf nickte und meinte trocken: »Wie meine Bilder.«

»Wie meinen Sie das?«

»Die nadeln auch nicht. Möglicherweise werde ich den Galeristen wechseln müssen. Er scheint das Wesentliche nicht ganz zu verstehen.«

Salvia entfuhr ein kleines Schnauben.

»Nettes Kompliment, Herr Novell.«

»Steve, sonst fange ich an, mich ernst zu nehmen.«

»Eigenartige Einstellung. Aber wenn Sie möchten. Ich bin Salvia.«

»Gut zu Gänsebraten.«

»Und in Saltimbocca. Ein Kenner der Botanik?«

»Der Küche und ihrer Kräuter. Aber für eine Floralkünstlerin ist Salbei auch nicht der schlechteste Name. Warum haben Sie dieses Bild so traurig angesehen? Zeigt es das Grab einer Verwandten?«

Wieder huschte Salvias Blick zu der schlummernden Katze.

»Verwandt waren wir nicht, SueSue und ich. Aber gestorben ist sie.«

»Ihre Katze?«

»Zumindest eine, die ihr sehr ähnlich sieht. Wenn es nicht völlig unerschwinglich ist, würde ich das Bild bitte gerne kaufen.«

»Es ist erschwinglich. Es kostet sie ein solches Arrangement.«

Der Fotograf zeigte auf das Gesteck.

»O nein, das kann ich nicht annehmen.«

»*Ich* kann es annehmen. Ich halte es für ein faires Tauschgeschäft.«

Sehnsüchtig blickte Salvia auf das schlummernde Kätzchen.

»Ich hätte mir ja eine andere holen können«, murmelte sie.

»Kann man Lebewesen ersetzen?«

»Nein, nicht?«

Mit großem Interesse sah sie dem Fotografen ins Gesicht. Es war nicht schön, genaugenommen musste man es für verwittert halten.

Wie diese alten Steine. Wie alt er war, ließ sich daraus kaum ablesen, aber seine Haare waren dunkel und ohne graue Fädchen.

»Lassen Sie sich die Haare färben?«, entfuhr es Salvia, und entsetzt von ihren eigenen Worten schlug sie sich die Hand vor den Mund.

Steve sah sie kurz verblüfft an und brachte ein trockenes Schnauben hervor.

»Sehe ich so aus? Kräuterweibchen, ich geh noch nicht mal zum Friseur.«

»Ja, äh – das sieht man.«

Aber die Röte schoss Salvia dennoch in die Wangen.

»Sie sind niedlich!«

»Nein, bin ich nicht.«

»Nicht. Gut.«

Bevor Salvia ihrer Belustigung nachgeben und eine weitere Stellungnahme zum Thema Kräuterweibchen abgeben konnte, trat der Redakteur der örtlichen Zeitung auf Steve Novell zu und verlangte die ungeteilte Aufmerksamkeit des Künstlers. Salvia machte, dass sie aus der Schusslinie des Pressefotografen kam. Weder ihre Kleidung noch ihre sonstige Aufmachung wünschte sie in welcherart Veröffentlichung auch immer wiederzufinden.

Nur einmal noch schenkte sie dem Bild mit dem katzenschlafbehütenden Engel einen Blick, dann verließ sie eiligst die Galerie.

3. Whiskey am Abend

Steve goss sich ein Glas Whiskey ein und setzte sich damit auf das Sofa. Licht fiel von der Straßenlaterne in das Wohnzimmer, er hatte keine Lust, die Lampen anzumachen. Er wollte in der Dunkelheit sitzen und sich betrinken. Zumindest soweit, dass er ohne Probleme einschlafen konnte. Was für ein Schwachsinn, dass er sich hatte überreden lassen, die Fotos auszustellen. Wen interessierte das schon, was er sich da zurechtgeknipst hatte? Trübe nippte er an seinem Drink. Lästige Lokalreporter mit dämlichen Fragen bekam man auf den Hals geschickt. Der Kerl hatte unbedingt eine Heldenstory haben wollen. Idiot, Spatzenhirn, Milchbubi, dessen aufregendste journalistische Berichterstattung von einer vom Fahrrad gefallenen Großmutter handelte. Steve trank und gab sich selbst gegenüber zu, dass er ungerecht war. Nur weil er im Alter dieses Jungen schon durch die widerwärtigsten Krisengebiete gekraucht war, musste das nicht jeder andere auch tun. Und er würde es nun auch nie wieder tun.

»Scheiße«, murmelte er leise und trank das Glas leer.

Friedhofsbilder hatte er geschossen.

Danach.

Und Landschaftsaufnahmen.

Wie ein Hobbyfotograf.

Er hinkte zum Tisch und goss sich noch ein Glas ein. Aber bevor er es an die Lippen setzte, fiel ihm die junge Frau wieder ein. Nettes Mädchen. Spontan, freundlich.

Er konnte es sich leisten, großzügig zu sein, ihr das Bild gegen ein bisschen dekoriertes Wurzelwerk einzutauschen. Wenn's ihr Freude machte.

Er schnaubte leise. Ob er sich die Haare färbte? Scherzkeks die. Oder sah er schon so alt aus, dass man graue Haare erwarten müsste?

Manchmal fühlte er sich so, das stimmte wohl.

Er warf sich wieder auf die Polster und nippte an dem Glas.

Schrecklich, diese dunklen Tage. In den Schatten lauerten die Erinnerungen. Manchmal traten sie hervor und packten ihn mit ihren Klauen.

Wohl nicht zu unrecht. Das war der Preis, den er zu zahlen hatte. Der Preis für die Aufregungen und die Abenteuer, von denen er einmal glaubte, ohne sie nicht leben zu können.

Noch ein weiteres Glas, dann würde er ihnen vielleicht entkommen.

Vielleicht.

4. Die Augen des Weisen

SueSue verbrachte bereits den dritten Tag auf dem Gnadenhof und hatte alle wichtigen Ecken des Terrains erkundet. Sie war einigermaßen zufrieden mit dem, was sie vorgefunden hatte. Das Katzenrudel war friedfertig, die meisten von ihnen froh, eine warme Unterkunft gefunden zu haben und regelmäßig Futter zu bekommen. Mac stolzierte manchmal mit herrischem Gebaren durch die Scheune, aber man duldete sein Auftreten als Rudelchef eher, als dass man es respektierte. Eine weißbraune Kätzin, deren von vielen Geburten schlaffer Leib von ihren Rippen hing, war weit kratzborstiger als er und giftete jeden an, der ihrem Korb zu nahe kam. Entsprechend ihrem Naturell rief Tinka sie Ritzi, denn sie war auch unheimlich schnell mit der Kralle.

SueSue ignorierte Ritzi. Sie wollte keinen Streit, solange es nicht notwendig war. Das Revier war wirklich groß genug, sich aus dem Weg zu gehen. In einem luftigen Stall standen einige Pferde, malmten zufrieden ihr Heu und dünsteten süßliche Wärme aus, was für eine Weile zum Schlummern einlud. Die Ziegen in dem anderen Abteil aber besuchte SueSue nicht, auch mit den beiden Zwergschweinen wünschte sie keine nähere Bekanntschaft zu schließen. Berni, der müde Schäferhund, grummelte sie einmal an, als sie zu nahe an seiner Nase vorbeischlenderte. Ein kleiner Terrier kläffte hektisch, ließ sich jedoch mit einem ihrer goldblitzenden Blicke schnell zähmen. Die beiden Strauße hätte SueSue gerne näher betrachtet, aber deren Schnäbel gefielen ihr nicht besonders.

An diesem Morgen, als es endlich hell wurde, wollte sie erstmals durch das Tor auf die Weide schlendern, um zu sehen, was sich dort noch an Getier aufhielt. Das Scheunentor war zwar geschlossen, doch eine Klappe in angenehmer Katzenhöhe lud zum Durchschlüpfen ein. Als SueSue aus der Scheune trat, musste sie allerdings erst einmal zwinkern.

Es war weiß geworden.

Der Boden, die Tanne, die Dächer – alles weiß. Schnee – sie erinnerte sich. Schnee hatte es im vergangenen Jahr auch gegeben. Ein kaltes Zeug, das sich in den Krallen festsetzte und irgendwann zu widerlich feuchtem Wasser wurde. Genau das war der Grund, warum sie eine Überwinterungsmöglichkeit gesucht hatte.

Die hatte sie ja nun, und selbst wenn sie sich die Pfoten nass machte, so hatte sie doch eine schöne mollige Kiste, in der sie sich nach dem Ausflug wieder trocknen und in Ruhe putzen konnte. Also hinderte sie nichts daran, ihren Ausflug zu unternehmen.

Sie stromerte über den Hof, hielt an der funkelnden Tanne kurz an, um den harzigen Duft einzuatmen, rieb ihr Mäulchen an der Palette mit Futterdosen, schlenderte zum Tor, markierte die Ecke – nur so eine Vorsichtsmaßnahme, man wusste ja nie, wer einem das Revier streitig machen wollte – und trat dann auf die abschüssige Weide.

Eine dicke Schicht bildete der Schnee zum Glück nicht, aber er reichte, um die Spuren sichtbar zu machen, die sie ansonsten nur mit ihren anderen Sinnen, vor allem der Nase, wahrnahm. Lustig, so ein Hasengehoppel auf dem Boden zu sehen; ebenso die Schnürspur eines Fuchses, Mäusepfötchen (musste man sich merken), die Krallen der Raben, die jetzt aber wie hungrige Witwen auf dem Zaun saßen und wie nämliche krächzten. Das konnte SueSue beurteilen, mit Witwen hatte sie Erfahrung.

Sie wanderte ein Stück über die Wiese, nahm den Geruch einiger dickfelliger Weidetiere auf, denen die Kälte ganz offensichtlich nichts ausmachte und die zufrieden trockenes Gras aus einer Krippe zerrten. Und dann noch einen Geruch. Den einer Katze!

Hoppla, noch eine auf Abenteuersuche?

Dabei waren doch ihren Pfotentapsen die einzigen gewesen, die aus dem Tor führten.

Handelte es sich etwa um einen Eindringling?

Schnuppernd hielt SueSue die Nase in die kalte Luft. Da, links.

Geducktes Anschleichen, langer Hals vor, Schwanz gestreckt, Schnurrhaare auf Empfang, Ohren nach allen Richtungen drehen.

Spuren im Schnee.

Führten zu einem Holzstapel.

Guter Schutz, aber nicht ausreichend bei dem Wetter.

Langsam eine Pfote vor die nächste.

Lauschen.

Ein Maunz. Leise, fragend.

»Wer bist du?«, fragte SueSue herrisch und richtete sich auf. Es war kein Angriff zu erwarten.

»Ormuz«, brummte es leise hinter dem Holz.

»Komm raus und zeig dich!«

Man musste Autorität ausstrahlen, damit von vorneherein klar war, wer wem was zu sagen hatte.

Eine graue Pfote erschien neben dem Holzstapel, gefolgt von einer grauen Nase mit vibrierenden Schnurrhaaren. Sehr vorsichtig folgte der restliche, runde Kopf, auf dem sehr kleine Ohren sich hektisch drehten. Die goldenen Augen aber blickten über das Feld.

»Kätzin, klein, aber willensstark«, murmelte der Kater. Dann kroch er ganz aus dem Holz und setzte sich auf.

Das Morgenlicht schimmerte auf einem blaugrauen Samtpelz, doch das war es nicht, was SueSue die Sprache verschlug. Es war das Leuchten, das wie ein feiner Schleier um Ormuz lag, und augenblicklich machte sie sich klein.

»Verzeiht, weiser Ormuz.«

Soviel zu Autorität.

»Kein Anlass, Kätzin. Hast du einen Namen?«

»Sescheschet unter den unseren, CurlySue in meinem Clan, hier nennen sie mich Curly oder Kleine. Doch gerufen wurde ich SueSue.«

Die Nase des Grauen drehte sich zu ihr.

»Komm näher, SueSue.«

Sie gehorchte. Er schnupperte an ihrem Fell und brum-

26

melte dann: »Curly, wie passend.« Und dann: »Du hast gegessen.«

»Ja, es gab Futter.« Jetzt dämmerte es SueSue endlich. »Wie lange seid Ihr schon hier?«

»Man brachte mich vor – mhm – drei Tagen.«

»Ja, mich auch. Wenn Ihr es gestattet, geleite ich Euch zum Futterplatz zurück.«

»Mhmm.«

SueSue stand auf, trat so nahe an den grauen Kater, dass sich ihre Körper berührten, dann führte sie ihn durch das Tor, über den Hof bis zur Scheune. Inzwischen war die Tür in dem großen Tor geöffnet, und als sie eintraten, hatten sich die Katzen um die Schüsseln und Näpfe versammelt, die Tinka oder einer der anderen Bediensteten aufgefüllt hatten. Rigoros schob SueSue Schwänze und Pfoten beiseite und machte den Weg für Ormuz frei. Hier und da war ein Murren zu hören, aber die Krallen blieben, wo sie waren. Vor einem blauen Napf hielt SueSue inne.

»Hier, weiser Ormuz.«

Der Graue trat vor und versenkte seine Schnauze in das Futter.

»Meins!«, zischte Ritzi und stieß dem Kater mit dem Kopf in die Flanke. Ormuz zuckte zusammen und machte einen Schritt zurück.

SueSue trat einen vor.

Sie vermied Streit gerne, wenn er nicht notwendig war.

Dieser war es. Sie knallte Ritzi die Pfote zwischen die Ohren und fauchte: »Zisch ab!«

»Hast du mir was zu sagen?«, giftete die Kätzin sie an und zeigte ihre Tatze.

»Nur das: Zisch ab!«

»Selber!«

»Wohl nicht.«

Ritzi schlug zu.

SueSue spürte den Kratzer zwischen den Ohren und holte aus.

Ritzi duckte sich. Ihr Schwanz peitschte.

SueSue kreischte.

Ritzi auch. Kam auf die Hinterbeine.

SueSue ebenfalls.

Sie umtänzelten einander, schlugen zu. SueSue stob davon, Ritzi ihr nach.

Eine rasche Kehrtwendung, SueSue hinter Ritzi her. In die Ecke gedrängt. Heftige Schläge.

Dann saßen sie beide wieder geduckt voreinander, starrten sich an.

Starrten.

Und starrten.

Und starrten.

Und dann senkte Ritzi die Lider. Mit ganz, ganz langsamen Bewegungen trat sie den Rückzug an.

»Klar, oder?«, sagte SueSue leise.

»Klar.«

Es klang mürrisch, aber es war klar. Ormuz der Blinde würde seinen Platz am Futternapf zukünftig ungestört einnehmen.

Zufrieden mit ihrem Sieg trottete auch SueSue zu den

Schüsseln und fand noch ein paar Krümel Trockenfutter, die sie aufknusperte. Dann sah sie sich nach Ormuz um. Der Graue saß noch immer in der Nähe der Näpfe und putzte sich das samtige Fell. Sie gesellte sich zu ihm.

»Ich habe eine Schachtel mit einer Decke. Folgt mir, wenn Ihr mögt.«

Er hielt im Bürsten seiner Brust inne und ging auf leisen Sohlen neben ihr her. Seine Schnurrhaare waren weit nach vorne gerichtet, als er die Pappkiste untersuchte.

»Riecht nach dir.«

»Ich finde schon was anderes.«

Er krabbelte hinein, tretelte das Tuch zurecht und ließ sich mit einem Seufzer nieder.

»Ist Platz für zwei«, brummelte er. »Komm rein und erzähl mir von dir.«

Etwas zögerte SueSue. Zuviel Ehrfurcht empfand sie vor dem Kater, in dem sie einen der Weisesten ihrer Art erkannt hatte. Doch dann hüpfte auch sie in die Schachtel und drückte sich in die Ecke.

»Zu zweit wärmt man sich besser, das solltest du doch wissen«, schnurrte Ormuz. »Oder hattest du kein Rudel?«

»Doch, auch.«

»Ah, und wer rief dich SueSue?«

»Ein Mensch. Eine Frau.«

»Hat sie dich hergebracht?«

»Nein. Nein, das ist eine lange Geschichte.«

»Das sind die besten. Erzähle, SueSue.«

SueSue ruckelte sich etwas gemütlicher zurecht, was auch bedeutete, dass sie näher an den Graupelz heranrückte. Ja, es war wirklich schön warm, so gemeinsam in der Schachtel. Gemütlich war es, und es erinnerte sie an die Zeit, als sie sich an ihre Menschenfrau ins Bett hatte kuscheln dürfen.

»Sie hieß Salvia und war gut zu mir. Ich hatte ein warmes Zuhause, bekam Futter und Streicheln und nette Worte.«

Ormuz schnurrte, und SueSue fühlte sich seltsam verstanden. Monatelang hatte sie versucht zu überleben, zu akzeptieren, dass es keinen Weg zurück gab, dass sie verloren hatte, was ihr am Herzen lag. Enger schmiegte sie sich an den samtigen Pelz des Katers und überließ sich ihren sehnsuchtsvollen Erinnerungen.

5. Weihnachtsgestecke

In Rudolfs Blumenladen roch es nach Rosen, Tannen, Zimt, Äpfeln und feuchtem Schaf. Letzteren Duft verbreitete Rudolfs Weste, die er höchst eigenhändig aus naturbelassener Wolle gestrickt hatte. Salvia rümpfte nur leicht die Nase. Der Ladenbesitzer war ein komischer Kauz von gut siebzig Jahren, der sich einfach zu sehr langweilte, wenn er nicht in dem Geschäft herumwursteln konnte, das sein ganzes Lebenswerk ausmachte. Zuzeiten hatte es wohl auch einen auskömmlichen Gewinn abgeworfen, aber die Jahre hatten das Umfeld verändert, ein Supermarkt mit einer großen Floristenkette in der Nachbarschaft hatte viele Kunden abgezogen, und besonders kreativ im Blumenbinden war Rudolf auch nicht. Darum hatten sich seine Töchter gekümmert, aber die eine war mit ihrem Mann nach Italien gezogen, die andere hatte einen Job in München angenommen. Weshalb Rudolf gar nicht abgeneigt war, als Salvia, die vor anderthalb Jahren in die Souterrainwohnung hinter dem Laden eingezogen war, sich mehr und mehr um die Sträuße und Gestecke gekümmert hatte.

An diesem Montagmorgen waren frische Schnittblumen geliefert worden und auch allerlei Dekomaterial, das Rudolf auf ihre Bitte hin bestellt hatte. Inzwischen tat er es ohne Widerspruch, aber anfangs hatte sie um jede Glaskugel, jede Bastschleife, jedes Glitzerspray kämpfen müssen. Er hatte sich auch damit abgefunden, dass sie mit allerlei zusammengesammeltem Geäst und sonstigen Fundstücken aus dem Wald ankam, die sie in den Arrangements verarbeitete.

Auch diesen Morgen stellte sie kleine Gebinde zusammen, die jemand für seine Weihnachtsfeier bestellt hatte. Während sie Misteln, Tannenzapfen, Rauschgold, Rosenknospen und Kerzen zurechtlegte, dachte Salvia wieder an das Bild, das sie am Freitag erworben hatte – sie würde für den Fotografen ein ausgefallenes Arrangement herstellen. Wehmütig lächelnd schnitt sie die Äste zurecht. Mona wollte für ihr Restaurant auch noch einige Gestecke haben. Mit ihnen würde sie sich besondere Mühe geben. Wieder dachte sie an die kleine Katze, an die das Bild sie erinnerte. Ihre Freundin Mona war es gewesen, die SueSue zu ihr gebracht hatte – vor beinahe einem Jahr – als ein maunzendes Weihnachtsgeschenk. Salvia beschloss, den Schnappschuss herauszusuchen, den sie damals gemacht hatte, um ihn dem Fotografen zu zeigen. Darauf abgebildet war eine wütend schielende Katze mit einer großen grünen Schleife um den Hals.

Die Schleife hatte SueSue überhaupt nicht gefallen.

Ihrer hatte sie sich auch kurz darauf entledigt, und seither war und blieb diese Schleife verschwunden. Vermutlich würde Salvia sie an einem völlig unwahrscheinlichen Ort wiederfinden, wenn sie irgendwann einmal aus der Wohnung auszog.

Die Schleife aber war nicht wichtig, SueSue hingegen war es. Freundin Mona hatte es vollkommen richtig gemacht, denn genau wie versprochen hatte sich das Kätzchen als ausgemachter Kampfschmuser erwiesen. Eben das hatte Salvia zu dieser Zeit gebraucht.

Wie von selbst griffen ihre Finger nun nach dem breiten grünen Seidenband, um eine Schleife daraus zu knüpfen und sie um die Rosenknospen zu binden. Es machte sich gut, und sie beschloss, auch die anderen Gestecke auf diese Weise zu verzieren. Dabei wanderten ihre Gedanken zu der Katze zurück.

SueSue war ein lustiges Geschöpfchen. Überhaupt nicht scheu, neugierig und sehr willensstark. Gleich vom ersten Tag an hatte sie ihr Recht eingefordert, auf dem Kopfkissen schlafen zu dürfen. Sie hatte auch eine sehr nachhaltige Art, sich verständlich zu machen. Mit allerlei Plapperlauten hatte sie ihre Katzengeschichten erzählt, Futter und Liebkosungen eingefordert, Türöffnungsdienste verlangt und auf die Mängel der Einrichtung hingewiesen. Vor allem die beiden Teppiche lagen nie so, wie sie ihrer Meinung nach ausgerichtet zu sein hatten. Jeden Morgen prügelte SueSue sie gründlich durch. Was Salvia dann auch zu der Entscheidung bewegte, ihr, als die frostigen Tage im Februar vorüber waren, die Terrassentür zu öffnen und ihr den Garten als Auslauf zur Verfügung zu stellen. Nicht ohne ihr ein Halsband mit einem Adressanhänger um den Nacken zu legen, was SueSue mit einigen giftigen Blicken kommentiert hatte. Außerdem hatte sie zunächst ängstlich die Ausflüge der kleinen Neugiernase beobachtet, aber schon bald zeigte es sich, dass Sue-Sue eine Katze von strikten Gewohnheiten war. Jeden Abend kam sie pünktlich zur Futterzeit nach Hause und blieb dann auch in der Wohnung. Und das dritte Halsband behielt sie auch endlich an.

Bis sie eines Tages Ende März nicht wiederkam.

Salvia seufzte leise.

»Was ist, Mädchen?«, wollte Rudolf wissen, der zwei Kübel mit Amaryllis in den Laden schleppte. »Hab ich wieder was Falsches bestellt?«

»Nein, nein, Rudi. Ich hab nur an SueSue gedacht.« Salvia wies auf die grünen Schleifen. »Lag wohl daran. Und an diesem Fotografen.«

»Ach ja, der Novell. Steht heute ein großer Artikel in der Zeitung. Ich sollte wohl auch mal zu der Ausstellung hingehen. Hat sich neben deinem Gesteck fotografieren lassen. Wirkt gut.«

»Oh, wirkt er?«

»Er auch, ist aber ein ziemlich borstiger Kerl, was?«

»Ungekämmt, nicht borstig.«

»Künstler eben. Und ein einsamer Wolf, wie man hört. Taugen seine Aufnahmen was?«

»Ich fand sie gut. Borstig. Aber nadeln tun sie auch nicht.« Rudolf schnaubte. Sie hatte ihm von der Bemerkung des Galeristen berichtet. »Ich habe eines der Bilder von ihm gekauft. Oder besser eingetauscht. Gegen so ein Wurzelgesteck.«

»Gutes Geschäft. Lass dir die Aufnahme signieren. Kann sein, dass der bald berühmt wird.«

»Glaubst du?«

»Na, einen Namen hat er ja schon.«

Salvia schüttelte den Kopf. »Da ist mir wohl was entgangen.«

»Ich leg dir die Zeitung hin. Kannst du nachlesen. Aber
vielleicht schneidet er auch bloß auf. Irgendwo wird er
sein Bein schon verloren haben. Doch bevor du Pause
machst, die Schmitz wollen was Wuchtiges in Weiß und
Glitzer bis heute Mittag. Kriegst du das hin?«

»Weiß, wuchtig, Glitzer – Schmitz eben. Sicher!«

6. Steves Tag

Steve war schlecht gelaunt, was seine Haushälterin zu spüren bekam, die er eingestellt hatte, als er vor einem Jahr wieder in sein Elternhaus eingezogen war.

Wenn er etwas mehr Eigeninitiative entwickelt hätte, wäre er schon lange wieder ausgezogen. So aber blieb er, wo er war, ärgerte sich über den Renovierungsstau, der sich seit dem Tod seiner Mutter gebildet hatte, muffte die Frau an, die ihn zu einem »vernünftigen« Frühstück überreden wollte, und versteckte sich mit seinem schwarzen Kaffee hinter der Zeitung. Blöder Artikel über ihn drin, wie erwartet. An Weltneuigkeiten auch nichts, was es nicht schon mal gegeben hätte. Der Frieden auf Erden ließ auf sich warten, die Lokalnachrichten aber propagierten ihn. Hier ein Benefiz-Adventssingen, dort eine Sammelaktion für Bedürftige, da ein Bazar für den Gnadenhof. Toll, vielleicht sollte er dorthin umziehen, wo die ganzen Veteranen wohnten. Die hustenden Esel und die lahmen Hunde, die räudigen Hamster und die dreibeinigen Katzen. Genau von denen hatten sie Aufnahmen abgedruckt. Das sollte wohl Mitleid wecken.

Andererseits – Tierbilder weckten immer Mitleid. Hatte dieses Blumenmädchen nicht auch sofort nach dem Katzenfoto gegriffen?

Er hatte es auf Drängen des Galeristen überhaupt nur aufgehängt. Weil der ihn genervt hatte, »Tod und Verderben« sei nicht so ein attraktives Sujet für die Vorweihnachtszeit. Seine Aufnahmen, die er im Sommer auf dem alten Friedhof gemacht hatte, seien wesentlich passender. Sie hatten gezankt und verhandelt, und schließlich hatte er sich breitschlagen lassen, ein paar der Fotos mit aufzuhängen.

Gott ja, im Sommer war es wenigstens hell gewesen, und an manchen Tagen hatte er sogar eine gewisse Befriedigung darin gefunden, diese seltsame Kolonie von Katzen zu beobachten. Einige der Aufnahmen waren wirklich originell geworden. Ein Freund hatte ihm geraten, einen Bildband daraus zu machen. Das hätte jedoch nur wieder bedeutet, sich um einen Verlag zu bemühen, Verhandlungen zu führen, Erklärungen abzugeben.

Reichte schon, dass er sich zu dieser Ausstellung hatte überreden lassen.

»Was haben Sie heute vor, Steve?«, fragte seine Haushälterin, als er die Zeitung sinken ließ.

»Nichts.«

»Gut, dann machen Sie mal eine Bestandsaufnahme. Wird Zeit, das Haus gründlich zu renovieren, wenn Sie hier weiter wohnen bleiben wollen.«

»Mann, Hertha!«

»Und dass eine Frau hier einzieht!«

»Mann, Hertha, Sie langen mir!«

»Oder wenigstens eine Katze.«

»Hertha!«

»Oder beides!«

»Uh!«

»Steve, nur weil Ihnen ein Bein fehlt, heißt es nicht, dass Sie Ihren Hintern nicht wieder hochkriegen können. Oben wellt sich der Teppichboden, die Fliesen in der Dusche sind angeschlagen, durch die Dachfenster zieht es, die Möbel in ihren Zimmer gehören auf den Sperrmüll, und im Keller habe ich eine feuchte Ecke gefunden. Ich kann hier noch so viel putzen und räumen, gegen das Verrotten komme ich nicht an.«

»Hören Sie auf, die Peitsche zu schwingen.«

»Entweder das, oder Sie können sich nach einer anderen Haushälterin umschauen.«

»Sie sind ätzend.«

»Weiß ich. Also?«

Steve wäre lieber durch staubige Krisengebiete gekraucht als durch Keller, Küche und Garage. Aber es hielt ihn wenigstens vom Grübeln ab.

Gegen Abend hatte er dann sogar soviel an schlechter Laune abgearbeitet, dass er beschloss, das Katzenbild gegen das Gesteck zu tauschen, was Hertha vermutlich eine Freude machen würde.

7. Kleine Ohren

Ormuz hatte sich, nachdem er von SueSue wieder in die Scheune zurückgeführt worden war, recht schnell orientiert. Tinka hatte ihn zwar ausgescholten, weil er zwei Tage verlorengegangen war, aber ihn dann mit großer Sanftheit gekrault. Nur dass sie ihn so völlig respektlos Mutzel nannte, empörte SueSue kurzzeitig, dann jedoch sagte sie sich nachsichtig, dass Tinka eben nur ein Mensch und dazu noch einer mit sehr, sehr kleinen Ohren war. Und da Ormuz in SueSues Schachtel eingezogen war, hatte sie ihr eine ähnliche gleich daneben gestellt.

Soweit war alles in Ordnung. Auch die Futterordnung war wiederhergestellt, Ormuz und Mac erhielten den Vortritt, Ritzi drängelte sich zwar vor SueSue, aber die ließ es langmütig geschehen. Die Kätzin roch nicht ganz gesund, hin und wieder saß sie hustend und keuchend in einer Ecke.

In der Nacht hatte es noch ein bisschen mehr geschneit, und die Sonne glitzerte auf den Zweigen der Tanne mitten im Hof. SueSue erfand ein neues Spiel. Denn wenn man mit der Pfote nach einem Zweig haschte, dann rieselte das weiße Zeug davon runter. Das machte Spaß, und drei andere schlossen sich dieser heiteren Beschäftigung an.

Bis Mac plötzlich sagte: »Was will der Dreiäugige denn da?«

»Ups – Menschen haben doch nicht drei Augen.«

»Hat er doch, schau!«

Hatte er natürlich nicht. SueSue erkannte sehr wohl, dass das eine Auge ein künstliches war. So etwas besaß Salvia auch, nur kleiner. Menschen hatten schon komische Spiele. Aber sicher nicht komischer als Schneezweige haschen.

Sie kümmert sich nicht weiter darum, sondern jagte eine dreiste Schwarze durch das Weiß, dass es nur so stäubte. Sie fielen übereinander her, rollten herum, versuchten sich gegenseitig auf die Schwänze zu patschen, belauerten sich hinter einem Karton, sprangen dem irritierten Berni auf die Hundehütte, versetzten einen Esel derart in Schrecken, dass er ein misstönendes Iahh ausstieß, und blieben dann heftig atmend nebeneinander sitzen.

»Feines Spiel.«

»Mhm.«

Dass der Mann sie mit dem dritten Auge dabei verfolgt hatte, war ihnen völlig gleichgültig. Zufrieden trollten sie sich in die Scheune, um sich auf ihren Lagerplätzen auszuruhen.

»Komm in die Kiste, SueSue, ich wärme dich auf«, brummelte Ormuz, und SueSue nahm das Angebot dankbar an. »Aber nick nicht gleich wieder ein wie gestern. Du wolltest mir doch noch deine Geschichte erzählen.«

»Oh, wollte ich?«

»Natürlich. Ich könnte dir auch meine erzählen.«

»Das würdet Ihr, weiser Ormuz?«

»Wenn du aufhörst, mich so ehrerbietig anzureden. Ich bin nichts weiter als ein alter, blinder Kater, SueSue.«

»Wenn du es wünschst, Ormuz.«

Natürlich würde sie seiner Bitte folgen, denn wenn Ormuz eines nicht war, dann *nur* ein Kater. Ein wenig musste sie gegen den Drang ankämpfen, sich an seinen warmen Bauch zu drücken und einfach einzudösen. Es gelang ihr dank ihrer großen Willenskraft, und so begann sie davon zu berichten, wie ihr Leben bisher verlaufen war.

»Meine Mutter war eine Schönheit, Ormuz. Und meine Wurfgeschwister allesamt auch. Darum haben uns die Menschen auch immer wohlwollend aufgenommen. Das heißt, die meisten von uns. Ich blieb bei Mama und einigen anderen, drei Jahre lang. Dreimal habe ich Nachwuchs gehabt, aber – na ja, die Hälfte davon waren eben keine Schönheiten. So wie ich eben auch nicht.«

»Keine Schönheit?«

»Nicht wirklich«, nuschelte SueSue.

»Ich kann dich ja nicht sehen, woran wurde denn deine Schönheit festgemacht?«

»An meinen Ohren. Und den Ohren meiner Kinder.«

»Ohren?«

»Sie sind zu klein, verdammt noch mal.«

Ormuz' raue Zunge schlappte über ihren Kopf und die Ohren.

»Scheinen mir aber ziemlich normal.«

»Nicht für unsereins.«

»Ich verstehe. Sie nannten dich eine Rassekatze.«

»Ja, eine Devon Rex. Lockiges Fell, zierlich, aber schöne große Ohren, gekräuselte Barthaare und so weiter. Mit Stammbaum.«

»Kenn ich. Affentheater, das. Haben sie dich ausgesetzt?«

»Nein, nein. Nur durfte ich keine Kinder mehr bekommen. Und dann kam eine Frau und hat mich fortgebracht. Das war mir ganz recht. Ich wollte nicht immer diese hämischen Bemerkungen hören, verstehst du. ›Ist ja ganz niedlich, die Kleine, aber die Ohren ...‹«

»Mhm«, stimmte ihr Ormuz zu, und sie berichtete weiter: »Die Frau band mir eine Schleife um und drückte mich einer anderen Frau in die Arme. Das war soweit in Ordnung, wenn diese blöde Schleife nicht gewesen wäre. So was von affig!«

In Ormuz' Brust entstand ein Geräusch, das sich sehr eigenartig anhörte.

»Lachst du über mich?«

»Natürlich nicht. Ich meine, ich kenne das mit den Schleifen. Was hast du damit gemacht?«

»Abgestreift, unter dem Bett vergraben. Da war der Teppich locker.«

»Hätte ich auch gerne hin und wieder gemacht. War das Revier in Ordnung?«

»Richtig gut. Und die Menschenfrau auch. Der waren meine Ohren so was von egal. Die bewunderte meinen Charakter. Die hatte Katzengene, ganz bestimmt. Du weißt, manchmal findet man solche Seelenfreunde.«

Brummeln, ganz tiefes Brummeln.

»Ja, natürlich, du weißt es, Ormuz.«

»Warum hast du sie dann verlassen?«

»Wollte ich ja nicht. Ich war draußen – sie hatte einen netten kleinen Garten, aber ich war ein bisschen neugierig und bin eines Tages über den Zaun geklettert. War aufregend, und ein paar Mal ging es auch gut. Aber dann traf ich eine falsche Entscheidung. Ich geriet einem scharfen Hund vor die Nase. Der jagte mich. Ich über die Straße. Da stand ein Auto. Hatte ein Fenster offen. Ich bin rein und hab mich unter dem Sitz zusammengekauert. Ich bin ja ziemlich klein. Der Hund verpisste sich, aber in das Auto stieg ein Mann ein, und ich kam nicht mehr raus. Erst als er wieder anhielt. Und da wusste ich nicht mehr, wo ich war und wie ich zurückfinden konnte.«

»Schrecklich.«

SueSue kuschelte sich näher an ihn. Ja, es war schrecklich gewesen, so ganz alleine in einer fremden Gegend.

Er schlappte ihr wieder über den Kopf.

Kurz vor dem Eindösen fragte sie dann aber doch noch mal leise: »Was hast du mit Schleifen zu tun gehabt, weiser Ormuz?«

»War oft zu Ausstellungen. Da kriegt man solche bunten Dinger. Das macht die Menschen dann stolz.«

»Quatsch! Halsbänder und Schleifen sind blöd.«

8. Besuch im Blumenladen

Der Tag war klar gewesen, doch in den Abendstunden hatte es sich zugezogen, und als Salvia auf die Straße hinausschaute, fielen vereinzelte Flocken vom Himmel. Sie reckte sich und versuchte dann, ihre harzigen Finger zu reinigen. Es brannte ein wenig in den vielen kleinen Kratzern, die sie sich beim Arbeiten zugezogen hatte. Aber gelohnt hatte sich der Aufwand. Sogar das wuchtige Weiße mit Glitzer war gut gelungen, so dass die Kunden voll des Lobes gewesen waren. Einige Kränze hatte sie noch geflochten; obwohl der Advent schon die zweite Kerze erreicht hatte, fanden sie noch immer Abnehmer. Aber nun wollte sie Feierabend machen. Weshalb sie sich nicht besonders erfreut die Hände abtrocknete, als die Türglocke noch einmal anschlug. Doch als sie in den Laden zurückkehrte, hob sich ihre Laune wieder. Steve Novell stand da, begutachtete das Wurzelgesteck, das sie für ihn angefertigt hatte, und legte vorsichtig das in Blasenfolie gehüllte Paket auf die Theke.

»Wir hatten einen Austausch von Objekten vereinbart«, erklärte er, und Salvia grinste ihn an.

»Geheime Informationen in Bienenwachs gegossen und in Rinden geritzt.«

»Gegen die Aufnahme einer untergetauchten Person.«

»Sie sind noch immer nicht aus dem Geschäft, was, Steve?«

»Doch, bin ich. Sie haben den Artikel gelesen, und ich bin entlarvt.«

»Investigativer Journalismus in Krisengebieten. Hört sich gefährlich an. Rudolf, der Besitzer dieses Ladens, meint, Sie schneiden bloß auf.«

»Ein Job wie jeder andere.«

»Natürlich.«

Salvia zog einen langen Streifen Papier von der Rolle und begann, das Gesteck darin einzuschlagen. Er schaute schweigend zu, und als sie fertig war, fragte sie: »Signieren Sie mir die Aufnahme?«

»Habe ich in meiner grenzenlosen Eitelkeit schon getan.«

Salvia löste die Folie um den Rahmen und stellte das Bild auf. Wieder nahmen sie die Ruhe und der Frieden gefangen, die es ausstrahlte.

»Sie haben ein großes Talent, Geschichten zu erzählen«, sagte sie leise.

»Finden Sie? Vielleicht, ja, aber es sind nicht meine Geschichten, sondern sie werden mir erzählt. Ich versuche nur, sie einzufangen.«

»Wer hat Ihnen diese erzählt?«

»Diese Katze.«

»Einen Journalisten habe ich mir wortgewandter vorgestellt.«

»Ich bin kein Journalist mehr.«

»Haben Sie Ihre Artikel mit den Zehen geschrieben?«

Verdutzt sah Steve sie an. Dann schien ihm aufzuge-hen, was sie gemeint hatte.

»Ziemlich unverblümt für ein Blumenmädchen«, knurrte er.

»Sie wollen Mitleid?«

Er schnaubte, aber dann verdaute er ihre Dreistigkeit und erzählte: »Ich habe den alten Friedhof im April ent-deckt. Das Widersprüchliche hat mich gereizt. All diese verwitterten Gräber, das wild wuchernde, lebendige Grün und vor allem das auf dem Gelände lebende Katzenrudel.«

»Die wilden sind aber sehr scheu.«

»Ja, das sind sie, ich habe jedoch Geduld gelernt. Nach einigen Tagen hielten sie mich wohl auch für so etwas wie eine verwitterte Statue und trauten sich, ihren Beschäfti-gungen nachzugehen, ohne sich an meiner Gegenwart zu stören.«

»Dass Sie Geduld haben, erkennt man an den Bil-dern.«

»Gelernt. Nicht von Natur aus.«

Diesmal nickte Salvia, ohne darauf einzugehen, und sagte: »Etwas überraschend aber ist, dass diese Katze sich in einem freilebenden Rudel befindet.« Sie wies auf das Foto. »Wenn mich nicht alles täuscht, ist das eine Edel-katze.«

»Derer gab es mehrere darunter. Oder zumindest Ab-kömmlinge von Siamkatzen. Ähm – das sind die Einzi-gen, die ich wirklich erkennen kann.«

»Ich kannte auch nicht viele Rassen, bis SueSue kam. Sie sah so putzig aus mit ihrem gelockten Fell. Der Züchter hat sie wohl ausgesondert, weil ihre Nachkommen nicht dem Standard entsprachen. Vermutlich konnte SueSue froh sein, dass er sie nicht einfach eingeschläfert oder ausgesetzt hat. Wie diese hier vermutlich.«

»Manchmal kann ich Menschen nicht leiden«, grollte Steve. »Was ist mit ihrer SueSue geschehen?«

»Sie kam eines Abends nicht wieder. Ich habe die gesamte Nachbarschaft rebellisch gemacht, habe Zettel an die Laternen geklebt, an jeder Haustür geklingelt und die Bewohner in Keller, Garagen und Gartenhäuschen suchen lassen und Nächte lang nicht geschlafen.« Salvia seufzte noch mal. »Horrorvorstellungen von einer im Finstern langsam verhungernden SueSue plagten mich. Immer wieder bin ich durch die Straßen und Gärten gestrichen und habe auf ein kleines Maunzen gelauscht. Nach einer Woche schließlich kam eine Nachbarin zu mir. Sie hatte unten an der Straße eine überfahrene Katze gefunden, die wie meine SueSue ausgesehen hat. Sie war lieb zu mir, die Frau, und tröstete mich damit, sie hätten das Tierchen gleich dort unter einem Holunderbusch begraben, damit ich es nicht mehr sehen musste.«

»Dann war es vielleicht gar nicht Ihre SueSue?«

»Doch. Sie hatte auch das Halsband gefunden, das an einem Zaun ganz in der Nähe hing. SueSue hatte ein großes Talent darin, sich die Dinger abzustreifen.«

Salvia sah versonnen auf ihre zerkratzten Finger. Dieser Mann stand da und sagte nichts. Aber er stand da, ruhig und geduldig, als warte er auf etwas. Auf eine Erklärung.

Und irgendwie wusste sie plötzlich, was sie tatsächlich erklären wollte.

»Sie wundern sich, dass ich so innig an SueSue gehangen habe, obwohl sie nur vier Monate bei mir war«, stellte sie fest und sah ihm in die Augen. Auch die waren ruhig auf sie gerichtet.

»Ich habe viele seltsame Dinge erlebt, Salvia. Einige schienen unerklärlich. Aber vielleicht haben sie einen Grund. Ich hoffe es wenigstens. Manchmal.«

Mit dem Finger strich Salvia wieder einmal über das Katzenbild, so als könne sie das zusammengerollte Tierchen streicheln.

»Ich bin mit einer Katze groß geworden. Einer ganz gewöhnlichen Grautigerin, die auf den Namen Susi hörte. Sie war meine Spielkameradin bei Tag, sie war meine Wärmeflasche bei Nacht, sie war mütterlich und bestimmend, hatte ihre Launen und ihren Übermut. Sie hing an mir und ich an ihr. Wir verstanden uns auf eine Weise, wie nur Kinder und Tiere sich verstehen. Ich lernte Katzenchinesisch von ihr, und sie lernte, meine Stimmungen zu lesen. Bis ich vierzehn war, waren wir beständig zusammen. Ausgenommen die Zeiten, in denen meine Eltern mit mir in Urlaub fuhren. Dann kümmerten sich die Nachbarn um Susi. In diesen Zeiten der Trennung fehlte sie mir, und jedes Mal freute ich mich auf das Wiedersehen mit ihr. Susi ging es ebenso. Wann immer wir eintrafen, ob im Morgengrauen oder zur Mitternacht – Susi kam aus dem Gebüsch gesprungen und raste auf mich zu, um mir mit vielen Lauten ihre Freunde über das Wiedersehen auszudrücken.«

»Ihre Rudelfreundin eben«, sagte Steve und nickte.

»Ja, wir waren wohl so etwas für sie. Aber ihre Anhänglichkeit war ihr Unglück. Wir kamen am Nachmittag aus dem Urlaub zurück. Ich stieg aus dem Wagen. Auf der anderen Straßenseite raschelte es auch schon in der Hecke, und Susi sprang auf die Straße. Ich konnte nur noch schreien. Meine Eltern hielten mich fest, sonst wäre ich vor das Auto gesprungen. Als es vorbeigefahren war, lag Susi auf dem Asphalt.«

Salvia schluckte.

Steve strich mit dem Finger ebenfalls über das Bild der schlummernden Katze.

»Leben ist so zerbrechlich.«

»Ja, nicht alle haben einen Engel, der über sie wacht. Leben ist zerbrechlich, und mein Herz zerbrach mit Susi. Ich habe danach nie wieder eine Katze haben wollen. Aber dann kam SueSue. Sie verstand auf Anhieb mein gehobenes Katzenchinesisch. Es war, als ob Susi zurückgekehrt wäre. Und dann wurde sie überfahren.« Salvia schluchzte auf. »Wie Susi.«

Ein Handytrillern durchbrach die Stille zwischen ihnen. Unwillig zog Steve das Gerät hervor und schaltete es aus.

»Entschuldigen Sie, Steve, ich wollte sie nicht mit meinen albernen Gefühlen belästigen. Es gibt weit schlimmere Dinge als das.«

»Schauen Sie nicht auf mein Bein, Salvia. Sie haben es doch schon erkannt. Ich mag Mitleid nicht.«

»Nein, ein einsamer Wolf braucht das nicht.«

»Genausowenig, wie der sich die Haare färbt. Sie haben eine scharfe Zunge, Blumenmädchen.«

»Habe ich nicht. Es war nur ein missglückter Versuch, Haltung zu gewinnen. Besser, Sie gehen jetzt, bevor ich noch mehr dummes Zeug rede.«

»Ja, vielleicht besser.«

9. Abenteuerleben

Die dusselige Taube gurrte und gurrte, es war nicht zum Aushalten. Sie hockte auf der Spitze der funkelnden Tanne und gurrte und gurrte. SueSue saß unter der Tanne und schnatterte Bösartigkeiten zu ihr hoch. Plötzlich flog das dämliche Tier auf, und ein Schauer aus nasskaltem Schnee traf sie genau zwischen die Ohren. Die Bösartigkeiten wandelten sich in Gehässigkeiten.

Die Taube war so unvorsichtig, sich auf Bernis Hundehütte zu setzen und weiter zu gurren. SueSue stellte das Schnattern ein und schlich sich an. Berni blinzelte träge.

»Rühr dich nicht!«, zischte sie ihm zu, aber das hätte der Alte vermutlich sowieso nicht getan.

»Ich galaubs ja nicht, ach ich galaubs ja nicht«, schluchzte die Taube.

»Ich schon«, knurrte SueSue tief in ihrer Kehle und machte sich zum Sprung bereit.

Die Taube drehte ihren Kopf mit den schwarzen Augen hin und her und gurrte weiter. SueSue verharrte ganz still. Wieder erhob das Federvieh seine Stimme, und Sue-Sue ruckelt mit den Hinterbeinen.

Gleich hat sich's ausgegurrt, war ihr beschwingter Gedanke. Dann sprang sie.

Die verblüffte Taube flatterte in ihrem Fang und hielt den Schnabel.

Mit stolz aufgestellten (wenn auch kleinen) Ohren trabte SueSue zur Scheune, um Ormuz ihre Beute zu bringen. Er hatte gestern gesagt, dass er Geflügel besonders gerne futterte.

»Curly, lass sofort den Vogel los!«, befahl Tinka und kam mit schnellen Schritten auf sie zu.

»Nichts da!«, knurrte SueSue und setzte ihren Weg fort. Ein paar Federn säumten die Spuren im tauenden Schnee.

»Curly!«

Nee!

»Loslassen!«

Tinka packte sie am Hals. Das war doch nicht zu fassen. Die Menschenfrau wollte ihr ihre Beute wegnehmen. SueSue öffnete das Maul, um sie warnend anzufauchen, und mit einem heftigen Flattern befreite sich die Taube.

»So ist's brav!«

Brav. So'n Scheiß!

Jetzt flog, wenn auch ein wenig taumelnd, das Gurrevieh auf die Fensterbank des Hauses, putzte sich das gezauste Gefieder und gurrte dann entrüstet: »Ich galaubs ja nicht, ich galaubs ja nicht!«

»Du darfst doch keine Vögel jagen, Kleine«, kam es vorwurfsvoll von Tinka.

Ach nee? Und warum schmeckte das Futter nach Geflügel, hä? Wer hatte das gejagt?

Beleidigt drehte SueSue der Bediensteten die Kehrseite zu und trottete zu ihrer Schachtel.

Ormuz stand auf und empfing sie mit einem Schnurren.

»Ich hab's gehört, was du getan hast. Hab Mitleid mit dieser Tinka. Menschen verstehen das nicht, SueSue«, tröstete er sie. »Aber ich finde es gut, dass du selbst für Futter sorgen kannst.«

»Gelernt ist gelernt.«

Im Grunde war SueSue sogar ein wenig stolz darauf, dass sie den Vogel erwischt hatte, und da sie keinen Hunger leiden musste, war der Verlust der Beute auch nicht ganz so schlimm.

»Ich habe es nie richtig gelernt«, sagte Ormuz leise und bürstete ihr das aufgebrachte Rückenfell glatt.

»Ich eigentlich auch nicht. Aber was man muss, muss man eben, sonst wäre ich verhungert.«

»Großer Lebenswille, was?«

»War noch nicht meine Zeit. Na ja, war anfangs knapp, bis ich dann das Rudel fand.«

»Ja, Rudelleben. Das hat seine Vorteile. Erzähl mir mehr davon, SueSue.«

»Willst du das wirklich hören?«

»Warum nicht? Seit ich nichts mehr sehen kann, ist mir manchmal langweilig. Und deine Geschichten kann ich mir gut vorstellen.«

»Ah, na ja.« SueSue hüpfte wieder zu Ormuz in die Schachtel und rückte zu ihm. »Ein paar Tage, nachdem ich von dem Auto entführt worden bin, bin ich etwas ziellos durch die Gegend gestreift. Die war nicht so hübsch, weißt du. Viele Häuser, ziemlich hoch, kaum Gärten, Hundescheiße auf der Straße, diese stinkenden Fahrzeuge überall. Und kein Napf mit Futter. Nirgendwo. Nur einmal, da habe ich aus einem Fenster einen leckeren Geruch bemerkt und bin hochgesprungen. Da brutzelte was in einer Pfanne. Hab mir fast die Pfoten verbrannt, als ich es rausgefischt hatte. War aber einigermaßen gut, noch nicht ganz verdorben, nur halbroh. Danach fühlte ich mich wieder kräftiger und kam ein Stück weiter raus aus der Gegend. Mehr Büsche und Bäume und so. Ich fing mir eine Maus. Das hatte ich im Garten von Salvia schon geübt. Diesmal fraß ich sie auch. War gar nicht so schlecht.«

»Hab diesmal wenig Gelegenheit gehabt zu jagen«, grummelte Ormuz. »Aber gut, ich wollte es ja so.«

»Wolltest du?«

»Mhm. Mal ein Leben als ein Kater zu führen, der den Menschen die Vollkommenheit unserer Art vor Augen führt. Ich wurde ein verwöhnter und verhätschelter Ausstellungskater.« Nachdenklich leckte er sich die Pfote und ergänzte leise: »Davor das Leben war einen Tick anstrengend gewesen.«

»Ist das gut, Ausstellungskater zu sein?«

»Man wird satt, man hat es gemütlich, man wird hofiert. Aber eigentlich ist das Rudelleben schöner.«

»Ja, ist nicht schlecht. Hab ich dann auch gemerkt. Ich fand nämlich ein Rudel. Sie waren Ausgestoßene, wilde Katzen und bevölkerten einen alten Friedhof. Ein paar

Menschen streuten zwar täglich Futter aus, aber sein Zubrot musste man sich selbst besorgen. War auch reichlich vorhanden, da zwischen den alten Steinen.«

»Hat dich das Rudel ohne Kämpfe aufgenommen?«

»Ja. Also fast. Rasputin, der Chef, war ein großer, starker Kater. Autoritär, jedoch nicht gemein. Ich versuchte mich zu arrangieren. Er gab mir zu verstehen, dass er mich, die kleine Fremde, zwar nicht vertreiben würde, ich mich aber mit dem Platz zufriedengeben musste, der übrig war. Die ersten Tage ging das auch, ich hatte ein Eckchen unter etwas Gestrüpp gefunden, ganz gut versteckt, mit trockenem Laub gepolstert. Dann fing es an zu regnen. Bäh, sag ich dir. So ein ganz fieseliger, dünner Regen der durch alle Fellschichten geht. Der wollte und wollte nicht aufhören. Die erste Zeit hatte der Busch ja noch die Nässe abgehalten, aber als ich vom Jagen zurückkam, war alles tropfnass, und die Blätter darunter waren aufgeweicht. Darin konnte ich doch nicht schlafen!«

SueSue klang noch immer aufgebracht, und Ormuz grummelte etwas Zustimmendes.

»Na, ich hab mich also auf die Suche nach einem trockeneren Platz gemacht. Gab einige davon, vor allem in dem Maus-o-leum. Aber das war markiert. Gab Zoff!«

»Aha.«

SueSue grinste ein bisschen und reckte dann prahlerisch den Hals.

»Hab mit meinen Geschwistern oft Raufen gespielt. Klar hab ich den einen oder anderen Kratzer abgekriegt, aber so langsam hab ich mich raufgearbeitet.«

»Die Kleineren und Schwächeren von ihren Plätzen weggeprügelt?«

Das hörte sich ganz leise missbilligend an.

SueSue gab ihre angeberische Art auf und kehrte zu ihrer normalen Größe zurück.

»Nö. Eigentlich nicht. Eigentlich hat mich Rasputin ein paar Mal ordentlich verprügelt. Eigentlich war es was ganz anderes, weshalb ich einen netten Platz bekommen habe.«

»Eigentlich etwas gar nichts Kämpferisches?«, schnurrte Ormuz belustigt. »Wie jämmerlich.«

»Ach, du foppst mich.«

»Ein bisschen. Du kannst dich so schön aufplustern. Muss an deinen kleinen Ohren liegen.«

»Grrrr.«

Aber wirklich übelnehmen konnte SueSue die Neckereien des Katers nicht, und nachdem er ihr das Fell im Nacken beruhigend gebürstet hatte, erzählte sie ihm von der Kiste mit den Katzenwelpen.

»Sie stand auf der anderen Straßenseite am Zaun, eine aufgeweichte Pappschachtel. Vier Kleine drin, kaum zwei Wochen alt. Sie wimmerten. Das heißt, drei von ihnen noch, die eine hatte es nicht geschafft. Na ja, was sollte ich denn machen, Ormuz? Ich meine, ich hatte doch auch mal solche. Die kann man doch nicht einfach sterben lassen.«

»Nein, sollte man wohl nicht. Was hast du mit ihnen angestellt?«

»Hab die Lebenden geschnappt und zu Mia gebracht. Die hatte einen Wurf, fast im selben Alter. Aber die war schon alt, deshalb waren es bei ihr auch nur zwei. Sie hat die Kleinen dazugenommen. Ich hab ihr dafür versprochen, für sie zu jagen.«

»Du bist mehrmals über die Straße gelaufen, um die Kinder zu holen.«

Verlegen putzte SueSue sich den hellbraunen Latz.

»War nicht so schlimm«, nuschelte sie. »Wenig Autos nachts. Kann man gut sehen, die mit den Glühaugen.« Dann brach es trotzig aus ihr heraus: »Mia hat mir den halben Platz angeboten. Wegen der Mäuse.«

»Ein gutes Geschäft, nehme ich an.«

»Ja, war ein prima Unterschlupf. Ein altes Grab, mit so 'nem Geflügelteil, das aussieht wie ein Mensch mit Schwingen. Das hielt den Regen ab, aber wenn die Sonne drauf schien, war der Stein immer schön warm.«

»Ein Schutzengel, wie passend.«

»Ja, Engel nennt man diese geflügelten Menschen. Gibt's nicht wirklich, aber ich glaube, die Aufrechten wünschen sich manchmal, sie könnten fliegen.«

»Tja, so hat jeder seine Hoffnungen.«

»Mir war es egal. Mia hat mir den Platz überlassen, als die Kleinen die Augen öffneten und anfingen herumzuwuseln. Da wurde es ein bisschen eng für alle. Sie fand etwas Nettes in dem Maus-o-leum.«

»Das hört sich vielversprechend an.«

»Das war's auch. Mein Unterschlupf reichte mir den ganzen Sommer über. Bis es biestig wurde. Da brauchte ich dann was anderes. Aber das ist eine andere Geschichte, Ormuz.«

»Die du mir erzählen wirst, wenn wir beide ein wenig geruht haben.«

»Ja, die und eine von dem Maus-o-leum. Die ist nämlich lustig.«

SueSue gähnte herzhaft. Für diesen Morgen hatte sie schon viel vollbracht. Ormuz streckte sich etwas und dreht sich so hin, dass sie sich an seinen wohlgepolsterten Bauch rollen konnte. In seinem sanften Schnurren schlief sie zufrieden und geborgen ein.

10. Bei Mona

Vor der Gaststätte, die sich in einem restaurierten Fachwerkhaus in der Altstadt befand, parkte Salvia ein und wuchtete die Körbe mit dem Blumenschmuck aus dem Kofferraum. Mona machte ihr die Tür auf und begrüßte sie vergnügt.

»Na, dann lasst uns froh und munter sein«, sagte sie und packte das erste Gesteck aus. »Hast dich wieder selbst übertroffen. Und die nadeln wenigstens nicht. Das andere Zeug war eine Gefahr für Leib und Leben. Du kannst dir nicht vorstellen, was Gästen bei Tannenzweigen und Kerzen alles einfällt.«

»Zündeln.«

»Du sagst es.«

Zusammen dekorierten sie die Tische, und Mona plauderte munter vor sich hin.

»Ich habe diesen großen Bitterling aufgesucht, Salvie.«

»Du warst Pilze suchen?«

»Nein, Fotografen. Aber den kann man doch wirklich als bitteren Gallröhrling bezeichnen.«

»Geröhrt hat er in meiner Gegenwart noch nicht, aber verbittert ist er wohl, da hast du recht. Warum hast du dir das angetan?«

»Weil du mir von SueSues Bild erzählt hast.« Mona

legte Salvia den Arm um die Schulter. »Ich dachte, er wüsste vielleicht mehr von deiner SueSue.«

»SueSue ist tot.«

»Das sagst du.«

»Lass es gut sein, Mona.«

SueSue musste tot sein. Besser das zu glauben, als dass die Katze sie verlassen hatte.

»Du und der Bitterling, ihr würdet prima zusammenpassen.«

»Ja, klasse. Jetzt fang noch an, mich zu verkuppeln.«

Mona kicherte.

»Ihr könntet euch gegenseitig mit düsteren Blicken beglücken.«

»Ich bin nicht düster. Ich bin die Heiterkeit in Person«, antwortete Salvia düster. Dann jedoch blitzte wieder ein wenig Schalk in ihren Augen auf. »Was hast du bei dem einsamen Wolf erreicht? Hat er mehr als drei Worte geknurrt?«

»Ein paar mehr. Er wohnt im Haus seiner Eltern, sein Vater ist schon vor drei Jahren in eine Seniorenresidenz gezogen. Er hat einen Hausdrachen namens Hertha. Der tritt ihm ganz schön in die Flanken. Also hat er auf meine freundlich bestimmten Fragen hin seine Mappe geholt und mir die Katzenbilder gezeigt.«

»Deine freundlich bestimmten Fragen würden andere Menschen vielleicht als penetrant aufdringlich bezeichnen.«

»Ja, nicht? Aber es wirkt. Schau mal hier!«

Mona schaltete das Licht an, und ein Strahler beleuchtete ein gerahmtes großes Foto, das zwischen den Fenstern hing.

»Passt, oder? Ich konnte einfach nicht widerstehen«, sagte sie.

Salvia musste ihr recht geben. Auch wenn es ihr wieder einen Stich versetzte. Die Aufnahme zeigte jene braune Katze, die auch auf ihrem Foto abgebildet war. Nur diesmal thronte sie in majestätischer Haltung auf einer efeuumrankten Stele und leckte sich genießerisch die Lippen.

»Ist das nicht das ultimative Bild in einem Restaurant?«, fragte Mona.

»Wirst du demnächst Katzenfutter servieren?«

»Vereinfacht den Kochaufwand. Nein, nein, diese Katze hier scheint eine Feinschmeckerin zu sein. Ich habe dem galligen Bitterling die Vorgeschichte dazu entlocken können.«

»Du muss dein ganzes penetrantes Talent entfaltet haben.«

»War gar nicht so schwer. Möglicherweise steckt in diesem einsamen Wolf doch ein empfindsames Herz. Jedenfalls hat er die Katzen auf diesem Friedhof sehr intensiv studiert. Ich muss den bei Gelegenheit selbst mal aufsuchen. Er scheint im Sommer auch ein beliebtes Ziel für mutige Ausflügler zu sein. Jedenfalls hatte sich an jenem Tag eine Gruppe junger, kichernder Mädchen zu einem Picknick zwischen den Gräbern versammelt. Frag mich, was sie sich dabei für ein Motto gewählt haben – Leichenschmaus auf Grabstein serviert oder so was. Jedenfalls scheint der Mann sich geradezu unsichtbar machen zu können, denn er hat beobachtet, wie das Katzenrudel von dem Geruch des Essens angezogen wurde und die Menschengruppen in immer enger werdenden Kreisen umrundete. Die Giggelhühnchen hatten Hühnerbeinchen dabei. Und während die Mädchen zwischen den Gräbern umherstreiften und versuchten, alte Inschriften zu entziffern, um sich wohl eine besonders nette Gesellschaft auszuwählen, mit der sie speisen wollten, hat sich diese Katze dort näher und näher an den Korb herangeschlichen. Mister Bitterling hat auch ein paar Bilder davon gemacht, wie sie mit der Pfote darin angelt und ein Hühnerbein herauszerrte. Das hat sie dann ins Maul genommen und ins Gebüsch gezerrt. Der Rest war Schmatzen. Danach ist sie zum Putzen auf diese Stele gesprungen.«

»Die Mädchen werden es verkraftet haben. Haben sie die Diebin erwischt?«

»Habe ich Steve nicht gefragt. Ich wollte es nicht übertreiben. Aber ich habe ihn für Sonntagabend zum Essen eingeladen.«

»Und du glaubst, er kommt?«

»Ich habe das Gefühl, dass seine Haushälterin ihn mit Waffengewalt hertreiben wird.«

»Scheinen ein bemerkenswertes Team zu sein die beiden.«

»Ist es wohl. Du kommst auch?«

»Ich?«

»Ja, wird Zeit für dich, mal wieder mit einem Mann düstere Blicke zu tauschen. Ich mache Hühnchen für euch.«

»Wer gibt dir eigentlich das Recht ...«

»Meine Pflicht als Freundin. Mit SueSue habe ich kein Glück gehabt, vielleicht schaffe ich es ja mit einem grantigen Kater.«

»Uh.«

»Außerdem, Salvia, er war ein Journalist, der eine Menge verzwickter Fälle ans Licht gebracht hat. Wer weiß, vielleicht findet er ja deine SueSue auch wieder.«

»SueSue ist tot.«

Mona warf einen vielsagenden Blick auf das Bild.

»Wer weiß?«

Als sie nach Hause kam, grummelte Salvia vor sich hin. Es war nicht fair von Mona, nichts war fair an Mona. Es gab keine Hoffnung, dass SueSue noch lebte. Wie sollte sie wohl zu dem Friedhof gelangt sein. Der lag in einem Ort, fast dreißig Kilometer entfernt von ihrer Wohnung. Außerdem war sie begraben und tot. Und auch das zweite Projekt, das ihre Freundin sich auf die Fahnen geschrieben hatte, war eine Totgeburt. Salvie wollte nicht verkuppelt werden. Schon gerade nicht mit einem einsamen Wolf, der so offensichtlich bindungsunfähig war.

Na gut, ja, sie hatte ein wenig Recherche betrieben. Steve Novell galt als berühmter Sohn der Stadt, war hier geboren und aufgewachsen. Die Karriere, die er gemacht hatte, konnte sich sehen lassen. Er war zielgerichtet, risikobereit, spitzfindig und unerschrocken, berichtete immer von vorderster Front und oft unter Einsatz seines Lebens. Von einer Familie war nie die Rede, von spektakulären Reportagen oft. Es gab ein paar Bilder von ihm mit glamourösen Frauen an seiner Seite, keine aber schien mehr als für eine Schlagzeile lang von Dauer gewesen zu sein. Dann aber, vor etwas über einem Jahr, war er zurückgekehrt. Seither fehlten spektakuläre Reportagen aus seiner Feder. Und er hatte ein Bein verloren.

Salvia fragte sich, ob das der Grund für seine gallige Bitterkeit war oder ob ihn alles das, was er erlebt hatte, zum Zyniker hatte werden lassen.

Nachdenklich betrachtete sie das Bild der ruhenden Katze unter den Fittichen des steinernen Engels. Steve hatte ein Auge für Geschichten. Ein zwinkerndes Auge. Schlagfertig war er auch, wenn man ihn genug reizte. Eigentlich eine Herausforderung für jede Frau, den Mann so weit aus seiner Schutzwehr zu locken, um zu prüfen, ob sich nicht wirklich eine bessere Substanz dahinter verbarg als gallebitterer Zynismus.

Salvia beschloss, am Sonntag tatsächlich ihr Essen bei Mona einzunehmen.

Zumindest ihre Küche war hervorragend.

11. Alpträume

Geschützsalven, ganz nahe. Staub und Mörtelbrocken rieselten auf ihn hinab. Eine Detonation ließ die Glasscheibe splittern. Aber noch immer sprach er seine Beobachtungen in das Mikrofon. Ignorierte den Befehl, das Gebäude zu verlassen. Es musste zur Wende kommen, das Knattern der Hubschrauber erfüllte die Luft. Die Decke des Gebäudes knirschte. Scheiße, doch raus! Hinter die Sandsäcke. Doch dann eine Explosion, direkt unter ihm. Das Letzte, woran er sich erinnern konnte. Das reine Grauen folgte. Schmerz, Dunkelheit, sich nicht bewegen können. Etwas lastete auf seinem Bein.

Steve wachte schweißgebadet auf.

Das Licht der Straßenlaterne erhellte die weiße Bettdecke.

Er war zu Hause.

Aber was bedeutete das schon? Ein Teil seiner selbst würde auf immer unter den Trümmern begraben sein. Und damit meinte er nicht sein linkes Bein.

Stöhnend drehte er sich um und tastete nach der Wasserflasche. Der Wecker zeigte sieben Uhr morgens. Immerhin, er hatte sechs Stunden geschlafen, mehr als sonst. Und der Alptraum hatte ihn erst spät erwischt.

Noch eine Weile blieb er liegen, um die Bilder abzuschütteln, dann stand er auf.

Hertha würde erst in einer Stunde kommen, also machte er sich einen Kaffee, schwarz wie die Nacht und bitter wie sein Herz. Mit der Zeitung setzte er sich an den Küchentisch.

Noch immer nicht Frieden auf Erden.

Und schon wieder Bilder von singenden Kindern, glücklichen Glühweintrinkern und hilfesuchenden Tieren. Der Gnadenhof appellierte an die Mitmenschen. Pah, Tiere als Weihnachtsgeschenk, das war wirklich das Letzte. Das hatte das Blumenmädchen ja auch erfahren.

Warum dachte er jetzt an sie?

Ach so, ihre SueSue. Und diese Mona mit der Maschinengewehrklappe, die ihm fast beide Ohren vom Kopf geplappert hatte. Er solle die Katze suchen, die sie ihrer Freundin Salvia geschenkt hatte. Zu Weihnachten.

Nichts da. Sie hatte selbst gesagt, das Tier sei überfahren worden.

Steve sah sich die Bilder vom Gnadenhof an. Dilettantische Aufnahmen. Aber was konnte man in einer Lokalzeitung schon erwarten!

Andererseits, dieser Grautiger blickte geradezu bezwingend in die Kamera. Und schon las Steve den darunterstehenden Text dazu. Mac wurde der Kater gerufen, galt als freiheitsliebend, aber er sehnte sich nach einem warmen Plätzchen bei einem verständnisvollen Menschen, der sein charaktervolles Wesen zu schätzen wusste. Was vermutlich die Umschreibung dafür war, dass der

Junge ein Sesselzerkratzer war, der keiner Rauferei aus dem Weg ging und aufdringlich nach Futter krakeelen konnte.

Steve grinste in sich hinein. Den sollte er Hertha unterjubeln.

Und dann entdeckte er den Zusatz – Mac hatte nur noch drei Beine, eines hatte er bei einem Unfall verloren.

Okay, den brauchte er weder sich noch Hertha anzutun. Ein Invalide im Haus langte.

Obwohl dieser Mac einen ungemein bezwingenden Blick hatte. Man müsste ihn mal vor die Kamera bekommen.

Ein lange vergessenes Gefühl machte sich in Steve breit. Ja, den Charakter dieses Tieres einzufangen, das wäre reizvoll. Seine Geschichte mit der Kamera erzählen. Ein Veteran aus Katzenkriegen ...

Langsam schlich sich die Dämmerung davon, und eine blutrote Sonne erschien im Küchenfenster. Kalt war es, frostig, der verwilderte Garten war mit Reif überzogen und glitzerte. Steve stand auf und sah hinaus. Licht und Schatten übten noch immer – möglicherweise auch gerade wieder – einen Reiz auf ihn aus. Der alte Friedhof, er musste heute wie verzaubert aussehen. Wie die Katzen wohl mit dem Frost klarkamen?

Ob die kleine Braune mit dem Kräuselfell noch dort war?

Diese Restaurantbesitzerin war ja fest der Meinung, dass es sich um diese SueSue handelte, die ihrer Freundin weggelaufen war.

Verflixt, warum ging ihm nur das Blumenmädchen nicht aus dem Sinn?

Als Hertha in die Küche getrottet kam, stand er auf.

»Sie werden sich mit den Handwerkern heute alleine vergnügen müssen«, begrüßte er sie. »Ich will das Licht nutzen.«

»Tun Sie, was Sie nicht lassen können.«

Das klang zwar knurrig, aber irgendwie hatte Steve den Eindruck, dass seine Haushälterin sein Vorhaben guthieß.

12. Begutachtungen

SueSue liebte regelmäßige Gewohnheiten, und in den vergangenen Tagen hatte sie einige gleichbleibende Abläufe entwickelt. Morgens eine Runde durch den Hof und einen Abstecher über die Weiden, Versammeln mit den anderen an der Futterstelle, kleiner Verdauungsschlaf neben Ormuz, dann mit ihm gemeinsam ein Spaziergang durch die Scheune und zum Tannenbaum. Meist schloss sich dabei auch Mac an. Einen zweiten, sehr gemütlichen Platz hatten sie drei hinter Bernis Hundehütte gefunden, wo die Strohballen aufgestapelt waren. Hier beobachteten sie das Treiben oder tauschten Geschichten aus. Am Nachmittag packte SueSue dann oft der Wunsch nach etwas Hektik, und sie tobte mit einigen der jüngeren Katzen herum, während Ormuz und Mac lieber der Ruhe pflegten. Später kam dann noch mal Futter, eine letzte Runde über Hof und Weiden, bevor das Tor geschlossen wurde – dann Nachtruhe.

Ja, es war gar nicht schlecht, das Leben in diesem Rudel. Außer zu den Zeiten, an denen fremde Menschen vorbeikamen. Die störten wirklich. Die sahen sich mit so besitzergreifenden Blicken um. Und ein paar von den Bediensteten lockten die Tiere dann immer von ihren Ruheplätzen weg, damit die Aufrechten sie begutachten konnten. Schrecklich, zwei junge schwarze Kater waren auf diese Weise schon verschleppt worden. Und eine Frau hatte sich an Ormuz herangemacht. Tinka war nicht dabei, sondern einer von den Männern. Der hatte prompt angefangen, was von edlem Kartäuser zu schwallen. Ormuz war weggelaufen, und SueSue hatte eine ganze Weile gebraucht, um ihn wiederzufinden. Natürlich hatte der arme Kerl den Rückweg aus dem Ziegenstall – pfui, rochen die streng – nicht selbst gefunden. Den ganzen Abend hatte er zitternd neben ihr in der Schachtel gelegen.

»Ich mochte die Stimme der Frau nicht«, hatte er schließlich erklärt. »Die wollte nur mit meinem Pelz angeben.«

»Ich pass auf, dass sie dich nicht mitnehmen«, versprach SueSue und putzte ihm ein Spinnweb von den Ohren.

»Das kannst du nicht, SueSue. Das hier ist nur eine Unterbringung für einige Zeit. Sie wollen, dass wir wieder eigene Menschen bekommen.«

»Quatsch!«

»Doch, das ist so. Mac weiß das, der ist schon eine ganze Weile hier. Aber einen Dreibeinigen wie ihn will keiner.«

»Bist du ganz sicher?«

»Die Jungen und Gesunden verschwinden zuerst. Dich werden sie auch bald mitnehmen.«

»Mich nicht, ich hab viel zu kleine Ohren.«

»Ich glaube nicht, dass das jemanden außer dir stört. Die Frau hätte mich sogar genommen, obwohl ich blind bin.«

»Wieso bist du überhaupt hier, Ormuz? Verzeih, aber die Frage geht mir schon die ganze Zeit durch den Kopf. Du bist doch so ein schöner Kater.«

»Mag sein, dass man der Meinung sein könnte.« Ormuz brummte ein bisschen und drehte sich in Erzählhaltung, was bedeutete, dass SueSue sich an seinen grauen Pelz schmiegte und die Ohren spitzte. »Ich wurde als Kater einer alten Familie geboren, genau wie du, SueSue. Eine, von denen die Menschen einen Stammbaum führen. Ein Menschenpaar nahm mich zu sich, und im Großen und Ganzen ging es mir bei ihnen ziemlich gut. Hin und wieder nahmen sie mich zu diesen Ausstellungen mit. Ich besaß einen komfortablen Käfig und wurde von Leuten bewundert. Nur diese Wichtigtuer wollten mich ständig untersuchen, aber sie fanden nie ein falsches Haar an mir, und so durfte ich dann auf Podesten posieren. Mit Schleifen.« Er klang ein bisschen belustigt.

»Ah ja, Schleifen. Na, wenigstens das ist mir erspart geblieben. Aber Posieren macht doch Spaß.«

»Mhmm.«

»Jeder Katze!«

»Mhmm.«

»Ich hab's auch gemacht«, schnurrte SueSue. »Auf diesem Friedhof. Da gab es prima Stellen für so etwas. Steine und Säulen und so. Es war auch oft ein Mann da, der uns mit seinem künstlichen Auge beobachtet hat. Für den habe ich mich manchmal besonders anmutig hingesetzt.« SueSue kicherte ein bisschen. »Einmal waren da so weibliche Jungmenschen, die einen Korb voll Futter dabei hatten. Nicht für uns Katzen, das Zeug wollten sie selbst essen. Aber es roch unheimlich gut, und darum hab ich ihnen etwas davon – na ja, geklaut. Aber ich hab es auch wieder gutgemacht. Also erst habe ich die Hälfte von dem Hühnerbein aufgegessen, dann für den Mann posiert und mir ganz zierlich den Bart geleckt. Und die Pfoten. Und ihn angelächelt. Und er kniete vor mir nieder, wie es sich gehört.«

»Mit diesem künstlichen Auge machen sie Bilder von uns. Meine Leute haben die über meinen Korb gehängt.«

»Ah ja? Nun, er hat mir keine Bilder von mir gezeigt. Aber ich weiß ja, wie ich aussehe. Mir hat seine Aufmerksamkeit gefallen. Und eigentlich wollte ich ihm die Ratte schenken.«

»Ratte?«

»Na, als ich da so auf der Stele saß und mir den Latz putzte, kam eine Ratte aus dem Gestrüpp und machte sich über das restliche Hühnerbein her. Das konnte ich mir natürlich nicht gefallen lassen. Ich habe das Mistvieh gejagt. War harte Arbeit, weil diese Ratten ihr Nest in dem Maus-o-leum hatten. Aber ich habe sie gekriegt und totgebissen. Der Mann war weg, also habe ich sie den Mädchen als Dankeschön für das Hühnerbein in den Korb gelegt. Aber die haben sich gar nicht darüber gefreut. Die haben gequiekt und geschrien, als hätte die Ratte sie noch lebendig angesprungen.«

Mac war dazu gekommen und setzte sich vor die Schachtel.

»Ratten fangen ist gar nicht so leicht«, bemerkte er mit gewisser Achtung. »Mich hat so ein Biest mal gebissen.«

»Ja, ich habe wohl Glück gehabt, das war noch eine junge Ratte. In dem Maus-o-leum trieben sich auch ein paar alte rum, denen ich nicht in die Quere kommen wollte. War auch nicht notwendig, der Sommer war gut, das Futter reichlich.«

»Ja«, sagte Ormuz. »Der Sommer war schön. Aber für mich war das Licht erloschen.«

»In diesem Sommer? War es ein Unfall?«, wollte Mac wissen.

»Nein, meine Augen wurden einfach immer schlechter und schlechter. Die Menschen ließen mich untersuchen und verabreichten mir Tropfen, aber es nützte nichts. Und da gaben sie mich schließlich an ihre Tochter weiter, weil ich nicht mehr bei den Ausstellungen mitmachen konnte. Es gefiel mir da nicht besonders. Die Frau mochte mich nicht, sie vergaß oft mein Futter, machte das Klo nicht sauber, nie streichelte sie mich und so. Und richtig zurecht fand ich mich auch nicht bei ihr. Also habe ich das Haus verlassen und bin herumgeirrt, um mir ein Plätzchen zum Sterben zu suchen.«

»Ist nicht so einfach, das mit dem Sterben, was?« Mac putzte sich die Vorderpfote. »Ich bin damals in eine Falle geraten. Mit dem da hinten.« Er wies mit der Nase auf den fehlenden Lauf. »Hätte auch sterben können, doch das kam mir gar nicht in den Sinn. Hab's mir abgebissen. Also fast. Aber da kam ein Mann, ein Förster. Der war stinkend sauer wegen der Falle und hat mich aufgenommen und geheilt. Und nachher hierhingebracht. Vor zwei Jahren schon.«

»Uhh«, sagte SueSue und schluckte. Dann stand sie auf und drückte Mac ihre Nase an die seine.

»Huch, wofür denn das?«

»Weil du so tapfer bist.«

»Oh.« Verlegen putzte Mac sich die Ohren, und Ormuz brummelte erheitert.

»Wir sind schon ein Grüppchen verschrobener Gestalten. Mich hat ein Junge aufgeklaubt, in dessen Garten ich geraten bin. Ich wollte mich unter einem Busch verstecken und auf das Ende warten. Aber ein Stück von mir guckte wohl noch raus. Er hat mich gleich hierhergebracht.«

»Menschen sind unzuverlässig«, murrte Mac. »Ich bin froh, dass mich keiner will. Mich haben meine Leute einfach vergessen, als dieser große Wagen kam und sie das ganze Gelump aus ihrem Revier verpackten. Hab anschließend drei Jahre am Waldrand gelebt. Kam gut hin.«

»Ich weiß nicht, Mac. Ich dachte, meine Menschenfrau war lieb und froh, dass ich bei ihr war.«

»Aber gesucht hat sie dich auch nicht?«

»Wo denn? Wie denn? Sie können doch keine Spuren lesen.«

»Da hat sie recht, Mac«, sagte Ormuz. »Das können sie nicht.«

»Vielleicht hat sie mich vermisst«, sagte SueSue leise.

»Bestimmt«, brummelte Ormuz. »Sie sind nicht alle unzuverlässig.«

13. Abendessen mit dem Wolf

Salvia betrachtete sich kritisch im Spiegel – nein, so richtig Glamour, das würde sie nie hinbekommen. Aber völlig unansehnlich war sie auch nicht. Ihre dunklen Haare glänzten, ihre Haut war zwar winterlich blass, doch glatt, und ein bisschen Gepinsel hier und da belebte ihr Gesicht. Außerdem – sie ging ja nur zu einer Freundin, um in deren Restaurant zu Abend zu essen, nicht zu einem Foto-Shooting, nicht wahr?

Obwohl Fotografen ja ein scharfes Auge hatten.

Auch gallig bittere.

Wenn er denn da war.

War das überhaupt wichtig?

Entschlossen schob Salvia den Gedanken an Steve Novell beiseite und schlüpfte in die Stiefel. Es war nicht weit bis zu Monas Resto, sie würde zu Fuß gehen.

Die Kälte biss ihr auf dem kurzen Weg ins Gesicht, und sie war froh, als sie in die warme Gaststube trat. Ines, die hier bediente, begrüßte sie fröhlich und nahm ihr Mantel, Schal und Mütze ab.

»Mona sagt, ich soll dich zum Tisch von Herrn Novell führen«, flüsterte sie. »Ist dir das recht? Ich habe den Eindruck, sie will mal wieder Kupplerin spielen.«

»Ich bin resistent gegen ihre Versuche, sie hat es schon

zu oft probiert. Zeig mir den Tisch, an dem der einsame Wolf haust.«

»Sieht nicht wirklich schlecht aus, der Wolf. Hat sein raues Fell gestriegelt.«

»Das dürfte nur äußerlich sein.«

Ines lachte leise und führte sie zu einer Nische, die in warmes Licht getaucht war. Steve erhob sich höflich, und wie Salvia feststellte, war er tatsächlich gebürstet worden. Professionell vermutlich.

»Gustave von ›Chic-Chat-Chien‹ hat ganze Arbeit geleistet«, sagte Salvia also anerkennend, als sie sich zu ihm setzte. »Ich hoffe, Sie haben ihn nicht gebissen.«

»Ich? Den Besitzer des Hundesalons?«

»Nun, einsame Wölfe frisiert er selten.«

»Salbei habe ich nicht als ein so scharfes Gewürz in Erinnerung.«

»Mein zweiter Name lautet Peperoni.«

Er zog einen Mundwinkel hoch, was als Lächeln durchgehen konnte, und seine Augen blitzten auf.

»Nein, schlucken Sie es runter«, bat Salvia, die ahnte, was für eine Replik sie herausgefordert hatte. »Monas provenzalisches Hähnchen ist köstlich und mild gewürzt.«

»Hat sie Sie herbestellt, um mir bei der Auswahl des Menüs zu helfen?«

Er mochte gebürstet worden sein, bissig und gallig war der Wolf noch immer. Sie lächelte ihn sanft an und stand auf. »Ich bin hier, um etwas zu essen. Ines wird mir einen anderen Tisch richten.«

»Bleiben Sie sitzen, Salbeipflänzchen. Sie riechen gut und sind hübsch anzusehen.«

»Himmel, was sind Sie charmant!«

Salvia setzte sich wieder und betrachtete ihn. Inzwischen hatte sie herausgefunden, dass er dreiundvierzig war, und hier in dem freundlichen Lampenlicht wirkte er auch nicht mehr ganz so verwittert. Mona kam zu ihnen, legte die Speisekarten auf den Tisch und wechselte ein paar freundliche Worte mit ihnen, blieb aber die professionelle Gastwirtin. Bis auf ein kleines Blinzeln in Salvias Richtung hinter Steves Rücken.

»Ist Ihre Ausstellung eigentlich ein Erfolg?«, wollte Salvia wissen, als sie bestellt hatten. Es schien ihr sinnvoll, das Gespräch auf neutralere Bahnen zu lenken.

»Was ist schon ein Erfolg?«

»Na, lobende Erwähnung in der Presse, zahlreiche verkaufte Bilder, Anfragen und Aufträge für weitere Arbeiten?«

»Wollen Sie meinen Marktwert abschätzen?«

Er reizte sie ungeheuerlich, dieser gallige Bitterling. Darum konnte sie sich nicht zurückhalten zu antworten: »Sollte ich das nicht, bevor ich erwäge, Ihnen einen Heiratsantrag zu machen.«

Immerhin hatte sie das Vergnügen, ihn den Mund öffnen und hilflos wieder schließen zu sehen. Dann schüttelte er den Kopf und griff nach der Mappe, die neben ihm auf dem Stuhl gelegen hatte.

»Was halten Sie davon?«

Salvia schlug den Deckel auf und betrachtete die Fotos.

Sie mussten neueren Datums sein. Die alten Kreuze und Stelen waren von Raureif überzogen, an trockenem Geäst und dürren Gräsern glitzerten Eiskristalle, ein Hauch von Schnee lag über den Nadeln der düsteren Eiben, ein paar rote Beeren hingen wie Blutstropfen von einem Zweig.

»Die Katzen scheinen sich verkrochen zu haben«, murmelte sie, aber er blätterte ein Bild weiter. Eine Pfotenspur im Schnee umrundete einen Grabstein in Form eines aufgeschlagenen Buches. Dann das Bild von drei schwarz gewandeten Frauen, die wie hungrige Raben nebeneinander an einem Mausoleum standen. Zu ihren Füßen ein halbes Dutzend Katzen.

»Sie werden dort gefüttert?«

»Ja, einige Frauen kommen jeden Tag und streuen Trockenfutter aus.«

Ines brachte ihnen ihre Getränke, und Salvia blätterte weiter durch die Winterbilder. Sie zeugten wiederum für einen unglaublichen Sinn für Details, für Geduld und Liebe zum Objekt. Sie erzählten Geschichten, jedes einzelne Foto wusste etwas zu berichten.

»Machen Sie was draus, Steve. Ich habe keine Ahnung, was, aber die Aufnahmen berühren etwas.«

»Nanu, gar keine stachelige Bemerkung?«

»Nein, warum sollte ich die machen.« Sie lächelte ihn freundlich an. »Salbei gehört nicht zu den dornigen Gewächsen.« Noch einmal besah sie sich die Bilder. Sie verrieten ihr, dass auch er unter seiner Galligkeit menschliche Wärme verbarg. Und als ihr Blick auf das Foto jener braunen Katze fiel, das Mona zwischen den Fenster aufgehängt hatte, überwand sie sich zu fragen: »War diese Kleine auch noch da?«

»Die Katze, die aussieht wie Ihre SueSue? Nein, sie habe ich nicht gesehen.«

»Na ja, es wäre auch ein Zufall gewesen.«

»Ich habe noch etwas für Sie, Salvia. Hier, bitte.«

Steve reichte ihr einen braunen Umschlag, und als sie das Foto herauszog, musste sie auflachen.

»Das ist ja herrlich. Ich wusste doch, dass Katzen hochintelligente Tiere sind.«

Es musste Herbst sein, die Blätter färbten sich schon bunt. Die braune Katze saß wie in lesender Haltung vor dem Grabmal in Form eines steinernen Buches. Mit der Pfote schien sie eine Seite umblättern zu wollen. Eine Jungkatze schaute ihr dabei neugierig über die Schulter.

»Ist es Ihre SueSue?«, fragte Steve.

»SueSue ist tot.«

Steve gab einen unwilligen Grummellaut von sich, erklärte dann aber: »Das Foto habe ich im Oktober gemacht. Es war das letzte Mal, dass ich sie gesehen habe.«

Salvia wollte nicht über SueSue sprechen, aber die Katzen dort auf dem Friedhof hatten ihr Interesse geweckt. Es war ein harmloses Thema, entschied sie und bat: »Erzählen Sie mir von dem Rudel, das dort lebt, Steve. Sie haben viel Zeit mit ihnen verbracht, habe ich den Eindruck. Solche Aufnahmen zeugen von einem tiefen Verständnis für die Tiere.«

Das Hühnchen wurde ihnen serviert, und offensicht-

lich stimmte der Duft des Essens ihr Gegenüber friedfertig.

»Ich habe viel von ihnen erfahren, während ich sie beobachtete. Es überraschte mich, in welch geordneter Ge-
meinschaft sie leben. Zum Beispiel gibt es Bruderschaften
und Schwesternschaften, die ihre eigenen Regeln haben.
Sie streiten sich auch nicht um das Futter das ihnen hin-
gestellt wurde, sondern warten beinahe höflich, bis sie an
der Reihe sind. Und vor allem kümmern sie sich um die
Erziehung der Jungkatzen mit großer Sorgfalt. Nicht nur
in Sachen Lesen und Schreiben.«

»Ja, den Ruf, sie seien unsoziale Einzelgänger, haben ihnen irgendwelche Ignoranten angehängt. Katzen sind ge-
sellige Wesen. Nicht nur miteinander, sondern auch im
Zusammenleben mit Menschen. Aber wie bei den Menschen haben auch Tiere verschiedene Charaktere.«

»Ich habe noch nie mit einem Tier zusammengelebt.«

Salvia fand, dass sich das nachdenklich anhörte. Ein
Riss in der Wand, der sich ganz langsam auftat. Sie sto-
cherte nach.

»Vielleicht sollten Sie es mal versuchen. Ich meine, Sie
wohnen ja jetzt hier ...«

»Das Wrack ist hier gestrandet, meinen Sie?«

Der Riss in der Wand hatte sich mit einem Knall geschlossen. Aber das war kein Grund, darauf nicht noch
ein bisschen herumzuhacken.

»Halten Sie sich für ein Wrack? Interessant.«

Wieder sah er aus, als ob er etwas sagen wollte, es aber
besser nicht aussprach. Sie aßen eine Weile schweigend,

dann fragte er unvermittelt: »Warum wollen Sie so fest daran glauben, dass Ihre SueSue tot ist, Salvia?«

»Weil sie tot und begraben ist.«

»Weil eine Nachbarin Ihnen gesagt hat, dass sie tot und begraben ist. Aber was wäre, wenn die Katze einfach nur weggelaufen ist?«

»Sie ist nicht weggelaufen.«

»Salvia, könnte es wohl sein, dass Sie sich gerne etwas einreden?«

»Ich rede mir nichts ein.«

»Doch. Sie wollen glauben, das Tier habe Sie so sehr geliebt, dass es nicht willentlich von Ihnen weggegangen ist. Also muss ihm etwas passiert sein. So wie es bei Ihrer Susi auch war.«

Salvia sah auf ihren Teller.

»Liebe ist Scheiße«, flüsterte sie.

Plötzlich lag seine Hand auf der ihren.

»Da ist doch noch mehr vorgefallen, oder täusche ich mich?«

Mit Erstaunen bemerkte Salvia, dass auch in ihr eine Menge Bitterkeit vorhanden war. Vielleicht war sie auf ihre Weise ähnlich verbiestert wie der einsame Wolf hier an dem Tisch.

»Ja, da war noch etwas mehr.«

»Ein Mann?«

»Mhm.«

»Erzähl es mir, Blumenmädchen.«

Salvia schob einen Pilz auf dem Teller hin und her. Sie wollte nicht darüber sprechen. Eigentlich wollte sie es nicht. Warum verleitete dieser einsame Wolf sie nur dazu, wieder diesen ganzen Müll auszubreiten? Sie sah ihn an. Er wirkte ruhig, geduldig und komischerweise vertrauenswürdig.

»Ich bin noch nicht lange ein Blumenmädchen.«

»Nein? Aber ein Mauerblümchen warst du auch nicht.«

»Nein. Nur eine nüchterne Buchhalterin, die nach ihrer Ausbildung einen Job suchte und ihn in einem großen Reinigungsunternehmen fand.«

»Ein Kollege?«

»Nein, der Inhaber. Ich war bezaubert, jung und dämlich. Nach einem Jahr war ich zu ihm gezogen. In ein schönes, elegant eingerichtetes Haus – hatte seine vorherige Frau gestaltet. Fünf Jahre lang habe ich ihm das Bett gewärmt und das Büro geführt. Von Heirat war aber nie die Rede, aber mir war das auch nicht wichtig. Unsere Beziehung schien mir dauerhaft und belastbar. Ich kannte mich mit dem Geschäft aus, wir machten gemeinsame Pläne, berufliche und private. Dann tauchte eines Tages eine Dame auf, die mit unserem Reinigungsservice nicht zufrieden war.«

Salvia spülte den bitteren Geschmack mit einem Schluck Wein hinunter.

»Ja, das kommt vor«, sagte Steve trocken.

»Natürlich. Und als beflissener Dienstleister wie dieser verdammte Putzlumpen es eben war, kümmerte er sich höchst persönlich um die Bedürfnisse der Klientin. Ich brauchte fast ein halbes Jahr, bis ich herausfand, dass er bei ihr nicht nur die Stubenecken inspizierte.«

»Wie ärgerlich.«

Wider Willen entfuhr Salvia ein belustigtes Schnauben.

»Du bist der Meister der Euphemismen, was?«

»Ein probates Stilmittel. Was hast du getan? Den Putzlumpen in die Tonne getreten?«

»Nein. Ich bin verschwunden. Ich habe mir eine Wohnung gesucht, habe mein Büro geräumt, meine fristlose Kündigung ausgedruckt und sie auf meinem Schreibtisch deponiert. Und mich dann dem Selbstmitleid hingegeben.«

»Er hat sich nicht bei dir gemeldet?«

»Er hat es versucht. Ja, und er hat es auch versucht zu erklären. Er habe sich ja so verliebt, das müsste doch gerade ich als Frau verstehen.«

»Gib mir seine Adresse.«

»Warum?«

»Hast du schon mal einen Putzlumpen gesehen, der in einen Reißwolf geraten ist?«

»Oha, der Wolf erwacht.«

»Zumindest meine verbalen Reißzähne habe ich noch.« Dann grinste er, und Salvia hatte das Gefühl, als ob sich ihre Nackenhaare sträubten. Es fühlte sich – prickelnd an.

»Tut nicht not«, murmelte sie. »Ich hatte meinen Auftritt.«

»Vermutlich sah er danach aus, als hätte ihn jemand durch eine Dornenhecke geschleift.«

»Mhm, ja. Zumindest hat er sich nie wieder bei mir gemeldet. Aber das änderte nichts daran, Steve. Ich fühlte mich erbärmlich verletzt und gedemütigt. Es wurde erst besser, als SueSue zu mir kam. Sie war so lieb und tröstlich. Kurz vorher hatte ich schon angefangen, für Rudolf zu arbeiten. Das ist der Besitzer des Blumenladens. Erst bat er mich, eben mal kurz im Laden einzuspringen. Aber dann merkte ich, dass die Beschäftigung mit den Pflanzen mir gut tat. SueSue kam auch immer mit in den Laden und spielte Verstecken zwischen den Pflanzen oder schlief in einer Schachtel neben der Kasse.«

»Und dann verschwand sie ebenfalls.«

»Kam einfach nicht wieder.«

»Und du fühltest dich einmal mehr verlassen. Weshalb du dir einredest, sie sei tot.«

»Ja, wahrscheinlich hast du recht. Aber die Vorstellung, dass sie irgendwo eingesperrt langsam verhungerte, macht mich auch nicht besonders glücklich.«

»Natürlich nicht, doch was, wenn sie sich nur verlaufen hat und nicht zurückfand? Wenn sie in einem anderen Haus aufgenommen wurde?«

»Katzen verlaufen sich nicht.«

»Du sagst, sie war eine besondere Rassekatze? Könnte sie jemand geklaut haben?«

Ein kleiner Hoffnungsfunke durchzuckte Salvia.

»Daran habe ich noch nie gedacht.«

»Von dem sie dann weggelaufen ist, um den Weg zu dir zurück zu suchen?«

»Steve, mach mir nicht solche Hoffnungen!«

»Dabei ist sie auf diesem Friedhof gelandet und hat sich dem Rudel angeschlossen?«

»Du meinst, es könnte wirklich SueSue sein?«

»Ich habe deine Katze nie kennengelernt. Aber ich habe noch mehr Aufnahmen von dieser kleinen Braunen. Ich bringe sie dir. Schau dir die Bilder genau an.«

»Und wenn sie es ist?«

»Dann weißt du, dass sie zumindest im Oktober noch recht vergnügt gelebt hat.«

»Bring mir die Bilder.«

14. Verantwortung

Ziemlich nachdenklich saß Steve spät in der Nacht vor seinem Bildschirm und betrachtete sich all die Aufnahmen, die er den Sommer über von den Katzen auf dem Friedhof gemacht hatte. Das Glas mit dem Whiskey stand neben ihm, aber er hatte es kaum angerührt. Es waren Hunderte von Aufnahmen, wenige jedoch nur genügten seinen strengen Ansprüchen. Allerdings offenbarten sie ihm in ihrer Gesamtheit die vielfältige Kultur des Katzenlebens. Herumtollende Kleinkatzen, lauernde Jäger, Kämpfer und Feiglinge, wilde, leidenschaftliche Paarungen, trauliches Miteinander, einfallsreiche Spiele, gewagte Balanceakte oder Sprünge, sorgsame Fellpflege und immer wieder herrlich selbstbewusstes Posieren an den erstaunlichsten Stellen zeigten die Bilder.

Ja, man könnte einen lebendigen Fotoband dazu machen. Sogar einige Texte gingen ihm schon durch den Kopf.

Dann aber konzentrierte er sich wieder auf die kleine Braune. Als das zehnte Bild aus dem Drucker kam, hielt er inne.

Er war ja verrückt.

Eigentlich war er doch verrückt. Warum sollte er sich

auf die Suche nach einer Streunerin machen, die wer weiß wohin verschwunden war? Nur weil eine dornige Floristin ihrer verschwundenen Katze nachjammerte?

Sie hatte so eine leise Trauer um ihre Augen.

Er knurrte vor sich hin. Verantwortung übernahm man am besten nur für sich selbst. Alles andere brachte einem lediglich Schwierigkeiten ein.

Er schaltete den PC aus und trank noch einen Schluck von seinem Whiskey.

Schmeckte ihm nicht.

Ob die Futterfrauen auf dem Friedhof diese braune Katze in der letzten Zeit gesehen hatten?

Egal.

Zu Bett.

Es war frostig, als Steve am nächsten Morgen aus dem Fenster schaute. Aber sein Schlaf war unerwartet tief und traumlos gewesen, weshalb er auch nur mit mehr oder minder gespieltem Grollen auf die Forderungen seiner Haushälterin reagierte.

»Sie haben kein Brot mehr im Haus, die Milch ist über das Verfallsdatum, die letzten zwei Eier reichen nicht mal für ein Omelett, und ein paar Orangen müssten Ihren Speisezettel auch noch ergänzen. Zeit, einkaufen zu gehen, Steve.«

»Wozu habe ich Sie eingestellt, Hertha?«

»Um diesen verlotterten Haushalt zu führen. Weshalb ich mich heute um den Fliesenleger kümmere. Und, Steve, wenn Sie rausgehen, nehmen Sie den Müll mit.

Vergessen Sie nicht, vorher Zeitungen in die Tonne zu werfen, sonst friert er fest.«

»Yes, Ma'am, Sir, Ma'am!«

»Raus!«

Steve krallte sich Einkaufskorb, Mülleimer und eine alte Zeitung und humpelte nach draußen. Als er die Tonne öffnete, um das Papier hineinzuwerfen, starrten ihn die bezwingenden Augen des darauf abgebildeten Katers an.

Einen Moment lang hielt er inne.

Mac, so hieß er, fiel ihm ein. Ein dreibeiniger Kater von Charakter.

Aber dann schüttelte Steve den Blick ab, warf den Müll samt Zeitung in die Tonne und machte sich auf, die befohlenen Einkäufe zu tätigen. Als er zurückkehrte, heulte die Flex durch das Haus.

»Was zum Teufel ...?«

»Der Fliesenleger!«, beschied Hertha ihn. »Gehen Sie nach draußen spielen.«

Wenn er nicht durch den Krawall und den Staub wahnsinnig gemacht werden wollte, verzog er sich wirklich besser. Steve warf seiner Haushälterin einen bitterbösen Blick zu und packte seine Fotoausrüstung in einen Rucksack. Einen Umschlag mit den Aufnahmen von der braunen Katze steckte er auch ein. Dann hielt er noch einmal inne, zog einen der Ausdrucke heraus, faltete ihn zusammen und schob ihn in seine Hosentasche.

Der alte Friedhof lag still und verträumt unter dem gefrorenen Reif, und mit langsamen Bewegungen durchstreifte er die Wege, erhaschte hier und da Spuren von Tieren, und als er sich dem Mausoleum näherte, vermeinte er sogar einen Katzenschwanz bemerkt zu haben. Ein magerer Sonnenstrahl durchdrang den Nebel, und verführt durch das Lichterspiel zerrte Steve seine Kamera aus dem Rucksack. Ruhig und geduldig wartete er auf ein paar interessante Motive. Er wurde belohnt. Ein Dutzend aufgeplusterte Spatzen auf einem kahlen Ast erregte seine Aufmerksamkeit, zwei Eichhörnchen turnten im Gezweig einer Buche umher, eine schwarze Krähe oben auf dem spitzen Dach des Mausoleums hob sich dramatisch gegen den blassblauen Himmel ab. Dann aber wurde die Ruhe gestört, denn drei Frauen, dick vermummt, näherten sich seinem Standort. Er blieb indes weiter ganz ruhig und unbeweglich stehen, so dass sie ihn einfach übersahen. Geschäftig stellten sie Näpfe auf und füllten sie mit raschelndem Trockenfutter. Auf dieses Zeichen hin tauchten unter den Büschen erst zwei, dann drei, dann immer mehr Katzen auf, schlichen herbei und begannen ihrem würdevollen Tanz um die Näpfe.

Eine der Frauen bemerkte ihn schließlich und lächelte ihn an.

»Machen Sie wieder Bilder von dem Rudel?«

»Mal sehen«, erwiderte Steve und trat zu ihr hin. Die Katzen störten sich nicht an ihm. »Sie füttern die Tiere schon lange, nicht wahr?«

»Seit einigen Jahren. Im Sommer ist es nicht so notwendig, doch in den Wintermonaten wird für sie die Nahrung knapp.«

»Der natürliche Kreislauf.«

»Sicher. Aber – können Sie Geschöpfe, die Sie kennen, dem Hungertod überantworten?«, fragte die Frau und wies auf das futternde Trüppchen hin.

»Viele tausend andere Geschöpfe kennen Sie nicht.«

»Richtig. Die ganze Welt kann man nicht retten. So ist das nun mal. Aber für einige kann man Verantwortung übernehmen. Wenn das jeder täte, wäre schon viel geholfen.«

Steve zuckte bei dem Begriff Verantwortung zusammen. Verantwortung übernahm man am besten nur für sich selbst. Oder?

Eine wuschelige Katze schlenderte gesättigt weg, und eine magere andere übernahm ihren Platz. Es war eine von den Jungkatzen, die er im Sommer beobachtet hatte. Die so sorgsam von ihrer Mutter aufgezogen worden waren.

»Sie kennen diese Tiere wohl recht gut«, sagte er und zog den zusammengefalteten Abzug mit dem Konterfei der kleinen Braunen aus der Hosentasche. »Ist die auch noch dabei?«

Die Frau betrachtete das Bild, und die beiden anderen beugten sich ebenfalls darüber.

»Die war den Sommer über hier, ein putziges Kätzchen, weniger scheu als die anderen.«

»Ich weiß, ich habe sie oft fotografiert. Es könnte sein, dass sie ein entlaufenes Tier ist.«

»Ja, könnte sein. Aber ich habe sie in den letzten Tagen nicht mehr gesehen. Ihr?«

Die Futterfrauen berieten sich untereinander und kamen zu dem Ergebnis, dass diese Katze seit November nicht mehr aufgetaucht war.

»Es gibt immer mal Wechsel, wissen Sie? Manche Katzen werden krank und sterben, manche wandern weg, und – na ja, die Straße ist morgens und abends stark frequentiert.«

»Ist sie überfahren worden?«

Die Frauen zuckten mit den Schultern.

»Gefunden haben wir sie nicht. Aber wenn sie verletzt sind, verkriechen sie sich meistens. Wenn Sie sie suchen – sie war ein auffälliges Tierchen mit dem Strubbelfell –, versuchen Sie es bei den Tierärzten oder im Tierheim. Vielleicht hat sie jemand mitgenommen, oder sie hat sich ein warmes Heim gesucht, als es kalt wurde. Meiner Meinung war sie keine geborene Streunerin.«

»Okay, kann ich ja mal versuchen.« Steve zog seine Brieftasche heraus und drückte der verdutzten Frau einen Geldschein in die Hand. »Kaufen Sie Futter davon.«

»Oh! Danke.«

Er humpelte davon, von sich selbst überrascht.

15. Das Buch des Lebens

SueSue saß neben Ritzi. Es war tiefste Nacht, und alles schlief in der Scheune. Hier und da schnarchte eine Katze, eine andere maunzte leise im Traum.

Ritzi aber keuchte.

Davon war SueSue aufgewacht. Schon die vergangenen zwei Tage hatte die zänkische Katze sich kaum noch aus ihrem Korb bewegt und auch nur wenige Bösartigkeiten von sich gegeben. Tinka hatte sie einmal mitgenommen, obwohl sie sich mit Krallen und Zähnen gewehrt hatte, und hinterher hatte Ritzi nach Tierarzt gerochen. Sie hatte auch etwas mehr gefuttert, aber nun schien sie wieder große Schwierigkeiten mit dem Atmen zu haben.

Durch die Fensterluke im Dach der Scheune fiel blasses Mondlicht, und als es ihr Lager erreichte, schlug Ritzi die Augen auf. Erstaunen stand darin, als sie SueSue erkannte.

»Geh weg!«

»Nein. Ich bleibe bei dir.«

»Kann alleine sterben.«

»Kannst du schon.«

Ritzi schloss die Augen wieder und hustete.

SueSue bemerkte Ormuz, noch bevor er sich ebenfalls neben ihr niederließ. Es machte ihr Fell kribbeln, und als sie zu ihm hinsah, stellte sie fest, dass der silberne Schein, der ihn sonst nur wie ein hauchzarter Schleier umgab, heller leuchtete.

»Kann alleine«, keuchte Ritzi.

»Brauchst du aber nicht«, brummelte der Weise, und während er weiterschnurrte wollte es SueSue vorkommen, als ob etwas von dem silbrigen Schimmer auf die sterbende Kätzin überfloss. Ihr qualvolles Keuchen wurde stiller, und SueSue begann ebenfalls zu schnurren. Auch Mac saß auf einmal bei ihnen und schnurrte mit.

Der Mond wanderte weiter, das feine, silbrige Licht jedoch blieb.

Dann sagte Ritzi leise: »Danke.«

Es schnurrte und schnurrte und schnurrte.

Es schnurrte eine müde Katzenseele in eine andere Welt.

Das silbrige Licht erlosch.

Am Morgen sah SueSue, dass sich Tinka über Ritzis Korb beugte und den kalten Pelz streichelte.

»Du warst eine rechthaberische, ziemlich unleidliche Katze, Ritzi«, flüsterte sie. »Ich hoffe, dein nächstes Leben wird leichter für dich.« Dann schniefte sie in ihren Pulloverärmel. SueSue ging zu ihr hin und rieb sich an ihrem Hosenbein.

»Ach, Curly, es ist gleichgültig, was für einen Charakter sie haben. Ich liebe sie alle, und ihr Tod macht mich traurig. Sie hatte ein hartes Leben, glaube ich.«

Das glaubte SueSue auch, und weil sie Tinka mochte, rieb sie ihren Kopf noch mal an deren Schienbein.

Schwupps wurde sie hochgehoben und gekrault. Das hatte seit Salvia kein Mensch mehr mit ihr gemacht, und darum krallte sie sich begeistert an der Schulter fest und drückte ihre Nase an Tinkas Ohr. Es schnurrte wie wild in ihr.

»Kampfschmuser!«, murmelte Tinka unter Tränen lächelnd.

Tinka hatte Ritzi auf dem Tierfriedhof begraben, und SueSue trabte neben Ormuz über die Weide. Das Gras, das morgens noch frostig unter den Pfoten geknistert hatte, war in den wenigen Sonnenstrahlen getaut und fühlte sich nur noch kalt und feucht an. Den wolligen Wiederkäuern, die stumpfsinnig im Matsch standen, schien die Kälte nichts auszumachen, und da sie keine Bedrohung darstellten, hüpfte SueSue in die Krippe, die mit ihrem Heu aufgefüllt war.

»Komm hoch, Ormuz, hier ist es gemütlich und trocken«, forderte sie den blinden Kater auf. Sie wusste inzwischen, dass er sich mit seinen anderen Sinnen gut orientieren konnte, und mit einem leisen Maunzen gab sie ihm die Richtung und die Höhe an. Er sprang dann auch leichtpfotig hoch und tretelte in dem Heu seine Kuhle.

»Nett hier. Ich rieche diese großen Tiere gerne. Ach ja, vor langer, langer Zeit ...«

»Was war vor langer, langer Zeit?«

Ormuz lachte in sich hinein.

»Du bist noch ein junges Katzenwesen, SueSue, aber

sehr wissbegierig. Und heute Nacht, da hast du ein großes Herz bewiesen. Ich denke, du bist bereit, mehr zu lernen.«

»Ja, weiser Ormuz, lehre mich. Ein Kater aus meinem früheren Heim sagte einmal, dass die Ältesten und Weisesten sich an viel erinnern können. Er selbst wusste von zwei Leben vor dem jetzigen. Warst du schon oft auf dieser Welt? Und wird Ritzi wiederkommen? Und wo ist sie jetzt? Und was hast du ...«

»Genug, genug, SueSue. Eine Frage nach der anderen.«

»Schuldigung, ja.«

»Ritzi wandert nun auf den Goldenen Steppen.«

»Hört sich schön an.«

»Es ist auch schön. Es sind die Gefilde, in denen wir vergessen können, welche Beschwernisse wir in unserem irdischen Leben erlitten haben. Wir legen beim Eintritt unseren Pelz ab und mit ihm alle Wunden, Narben und Schmerzen.«

»Ohne Pelz?« SueSue betrachtete ihren lockigen Rücken. »Wird komisch aussehen.«

»Nein, tut es nicht. Alle Katzen auf den Goldenen Steppen tragen ein graues Schattenfell.«

»Ups!«, sagte SueSue und betrachtete den grauen Kater mit neuen Augen. »So ist das also.«

»Ja, so ist das.«

»Und wie lange bleibt man auf den Gefilden?«

»Ihr jungen Katzen bleibt, bis ihr geheilt seid von dem, was immer euch widerfahren ist, dann werdet ihr gerufen, und euch wird ein neuer Pelz verliehen, in dem ihr in das nächste Leben eintretet.«

»Du meinst, ich habe diesen Pelz zugewiesen bekommen? Mitsamt den zu kleinen Ohren?«

»Die Kammerkatze, die die Pelzmäntel verwaltet, ist eine sehr weise Persönlichkeit, sie weiß, mit welchem Aussehen die nächste Lektion gelernt werden muss.«

Eine Weile knabberte SueSue an dieser Erkenntnis. Dann drängte die nächste Frage aus ihr heraus.

»Warum kann ich mich nicht erinnern, Ormuz? Wenn ich doch schon mal gelebt habe und so?«

»Dies ist, wenn mich nicht alles täuscht, dein zweites Leben. Die Fähigkeit zur Erinnerung wächst über die Zeit. An eines kannst du dich doch schon erinnern, nicht wahr?«

SueSue sah den grauen Weisen überrascht an. Seine Schnurrhaare bebten leicht in einem kleinen Lächeln.

»Mit welchem Namen hast du dich mir vorgestellt?«

»Oh – mit Sescheschet. Das – mhm – ist mein Flüstername. Den kennt sonst niemand.«

»Außer dir. Woher, glaubst du, weißt du ihn?«

»Mhm – ich ... ich erinnere mich einfach.«

»Du erinnerst dich, weil er dir mit Eintritt in das Leben, als deine Seele Form annahm und du deinen ersten Pelz erhieltest, gegeben wurde. Es ist das Erste, was eine Katze weiß, und das Letzte, was sie vergisst.«

Sinnend schaute SueSue über die Weide, doch sie sah die gemächlich wiederkäuenden Hochlandrinder nicht, die stoisch dem kalten Wind trotzten. Sie sah die Krähen nicht, die auf den Zaunpfosten saßen, und nicht die Spaziergänger, die mit ihren Hunden über die Felder wanderten. Sie sah nicht die braunen, matschigen Wiesen – sie sah goldene Halme, die sich im warmen Sommerwind wiegten. Und sie fühlte eine tiefe Sehnsucht. Nicht nach den Goldenen Steppen, sondern nach etwas anderem. Etwas, das sie nicht ganz fassen konnte. Aber das Gesicht einer Menschenfrau tauchte plötzlich in ihrem Gedächtnis auf.

»Nicht alles, SueSue, vergisst man in den friedlichen Gefilden«, schnurrte Ormuz. »Eines bleibt uns immer, und das ist die Erinnerung an die Liebe. Sie ist es, die uns dazu bewegt, in das irdische Leben zurückzukehren. Liebe zu unseresgleichen, zu unserem Rudel, manchmal aber auch die Liebe zu einem Menschen.«

»Ritzi wird lange dort bleiben.«

»Wer weiß, SueSue.«

SueSue legte den Kopf auf die Pfoten und träumte vor sich hin. Von ihrem ersten Rudel, dem ihre Mutter vorstand, ihren eigenen Kindern, von Salvia und dem Friedhofsrudel.

»Mia war glücklich«, sagte sie leise. »Sie starb, weil sie alt und müde war.«

»Mia?«, ermunterte Ormuz sie zum Erzählen.

»Die Kätzin, der ich die halbverhungerten Welpen brachte. Sie hat sie noch gesäugt und ihnen die ersten Schritte gezeigt. Aber als die selbständig wurden, hat sie sich zurückgezogen, und niemand hat sie mehr gesehen. Ich habe mich der Tolpatsche angenommen. Kannte das ja, mit den Jungkatzen. Aber meine wurden mir immer sehr bald fortgenommen. Es hat mir Spaß gemacht, die

Kitten zu lehren.« Plötzlich kicherte SueSue. »Was die alles angerichtet haben. Eine von ihnen war furchtbar neugierig und gleichzeitig entsetzlich schreckhaft. Ich hatte ihr gerade gezeigt, wie man eine Spinne aufstöbert. Die saß unter einem Stein, der wie ein Buch aussah, nur dass man nicht darin blättern und die Krallen in die Seiten schlagen konnte. Das macht nämlich auch Spaß. Aber egal, die Kleine schaute mir über die Schulter, als ich mit der Pfote nach der Spinne angelte, und als ich sie hervorzerrte und für sie laufen ließ, hat sie sich so erschrocken, dass sie in heller Panik eine alte Buche hochgeschossen ist. Runter kam sie natürlich nicht, die kleine Schisserin, und so musste ich hinterherklettern und sie mit tausend Worten runterbeten.«

Ormuz' samtpelziger Bauch bebte vor vergnügtem Brummeln.

»Ja, ja, Katzen und Bäume.«

»Ja, lustig war es, und lustig fand es auch der Mann mit seinem künstlichen Auge, der das Ganze beobachtet. Er hat ziemlich darüber gelacht.«

SueSue schmiegte sich an Ormuz, erschöpft von den vielen Erinnerungen und den neuen Erkenntnissen und döste über sein brummeliges Schnurren ein. Sie merkte kaum noch, wie er ihr liebevoll den Kopf und den Nacken leckte.

16. Die Wahrheit

Im Briefkasten fand Salvia zwei Tage nach dem Essen mit Steve einen dicken Umschlag, der einen ganzen Stapel Ausdrucke enthielt. Alle zeigten sie die Katze, die vielleicht SueSue war, auf dem alten Friedhof.

Ja, es könnte sein. Doch! Diese Haltung – so hatte sie immer auf der Arbeitsplatte neben dem Herd gesessen, wenn sie den Einkaufskorb auspackte – mit einem lüsternen Schielen auf die Wursttüte. Und dieses Pfotenputzen nach einem Leckerbissen. Unverwechselbar die süßen kleinen Ohren gespitzt, wenn jemand an die Tür kam.

Wehmütig stupste Salvia die rosige Zungenspitze an, die SueSue manchmal selbstvergessen nach dem Bürsten aus dem Mäulchen lugte. Wie mochte sie auf diesen Friedhof geraten sein?

Wenn sie es denn war.

Entschlossen packte Salvia die Bilder zusammen und ging in den Blumenladen. Rudolf schnürte einen Strauß Rosen und Nelken zusammen, den ein Kunde gewünscht hatte.

»Darf ich, Rudi? Da fehlt noch ein bisschen Grünzeug dran.«

»Meinst du?«

Kritisch betrachtete der alte Mann das Bündel Blumen.

»Ach, machen Sie sich keine Mühe«, sagte der Kunde. »Ist bloß für meine Schwester. Und ich hab's wahnsinnig eilig.«

»Gerade, Herr Niklas, weil er für Ihre Schwester ist, machen wir uns die Mühe«, antwortete Salvia und nahm Rudolf die Blumen aus der Hand. »Hat sie Geburtstag heute?«

»Ungerne, wie sie sagt.«

Plötzlich hatte sie eine Idee. Besagte Schwester war die Nachbarin, die ihr im Frühjahr von der überfahrenen Katze berichtet hatte.

»Soll ich ihr den Strauß vorbeibringen, Herr Niklas? Dann könnte ich ihn in Ruhe hübsch zurechtmachen. Schreiben Sie ihr einfach ein paar Worte auf dieses Kärtchen.«

Manche Kunden waren überaus dankbar, wenn man sie bevormundete, und der Mann stimmte erfreut zu, kritzelte einen Gruß auf die aufgeklappte Karte, bezahlte und verließ zufrieden den Laden.

Mit geübten Griffen formte Salvia den Strauß zu einem anmutigen Gebinde und schlug ihn in Folie ein. Rudolf sah ihr mit einiger Bewunderung zu.

»Was so ein bisschen Unkraut und Gestrüpp ausmachen«, bemerkte er kopfschüttelnd. »Darauf wäre ich früher nie gekommen.«

»Du könntest ein paar Kurse besuchen, aber erst einmal sollten wir die Buchhaltung in Ordnung bringen, Rudi. Die Steuererklärung muss gemacht werden.«

»Ich will nicht.«

»Weiß ich.«

»Ich hasse das Gerät.«

»Weiß ich auch.«

»Warum habe ich dich bloß in den Laden gelassen?«

»Weil du eine gute, aber erbärmlich faule Seele bist.«

»Wenn du nicht aufhörst, mich zu quälen, überschreibe ich dir den ganzen Kram, nehme das Angebot von Linda an und ziehe zu ihr nach Italien. Ach, dort in der der Bucht von Neapel liegt bestimmt kein Schnee!«

»Gute Idee, Rudolf.«

»Echt? Findest du?«

»Jetzt nach Italien zu reisen? Warum nicht?«

Rudolf rieb sich versonnen die Stirn.

»Ich war schon zweimal da, ein schönes, großes Haus haben sie dort.« Noch einmal rieb er sich zwischen den struppigen Brauen. »Aber ich würde mich langweilen.«

»Kennst du das Land, wo die Zitronen blühn?«, zitierte Salvia grinsend. »Du könntest ihren Garten umgestalten.«

»Da sagst du was!« Rudolf richtete sich auf und straffte die Schultern. »Hab ich immer viel lieber gemacht als Sträuße binden.«

»Hey, das war nicht ernst gemeint.« Entsetzt legte Salvia den Strauß auf die Theke. Visionen, wie Rudolf einen gepflegten mediterranen Garten verwüstete; ließen sie in kalten Angstschweiß ausbrechen.

»Vielleicht nehme ich es aber ernst!« Er wies mit dem Kinn auf die Blumen. »Jetzt bring die erst mal rüber. Und nimm noch so einen kleinen Weihnachtsstern mit, als Gruß des Hauses. Sie ist ja eine unserer Stammkundinnen.«

»Ist in Ordnung.«

Salvia schlug auch den roten Weihnachtsstern ein und band eine grüngoldene Schleife darum. Dann nahm sie Strauß, Topf und Umschlag und verließ den Laden, um nebenan zu klingeln. Die Nachbarin öffnete ihr auch sogleich.

»Oh, Blumen. Kommen Sie rein, es ist ja bitterlich kalt.«

»Gerne. Diese hier sind von Ihrem Bruder, er lässt Sie grüßen. Leider hatte er es furchtbar eilig.«

»Wie immer, aber der gute Wille soll mal zählen.«

»Und dies hier mit einem herzlichen Glückwunsch vom Rudolf und mir.«

»Sparen Sie sich den Glückwunsch, ich wollte nicht schon wieder ein Jahr älter werden. Aber vielen Dank für die Blumen. Ah, und das haben Sie gebunden. Sehr hübsch. Möchten Sie eine Tasse Kaffee mit mir trinken? Ich habe gerade den Kuchen aus dem Ofen geholt, der muss probiert werden.«

»Ich will Ihnen keine Umstände ...«

»Setzen Sie sich!«

Geschäftig wuselte die Nachbarin herum und stellte dann Kaffeetassen und ein Stück warmen Apfelkuchen vor sie hin. In der Zwischenzeit hatte Salvia die Katzenbilder aus dem Umschlag genommen und auf den Tisch gelegt.

Während sie den Kuchen aßen, betrachtete ihre Gastgeberin die Bilder.

»Die sind aber hübsch geworden. Haben Sie die gemacht?«

»Nein, ein Fotograf, Steve Novell.«

»Ach ja, der Reporter. Toll sind die. Die Katze sieht ja aus wie Ihre SusSue.«

»Ja. Und sie sind vom Sommer dieses Jahres. Bitte seien Sie ehrlich zu mir – die überfahrene Katze, die Sie im April gefunden haben, das war nicht SueSue, nicht wahr?«

Betreten stellte die Nachbarin ihre Kaffeetasse ab.

»Nein, war sie nicht. Aber ich hatte es erst gedacht, weil das Halsband am Zaun hing. Entschuldigen Sie, ich habe es gut gemeint. Sie waren doch so unglücklich, und da dachte ich, es wäre besser, wenn Sie einfach glauben könnten, dass Ihre Katze tot ist.«

Salvia rührte in ihrem Kaffee.

»Ja, vielleicht war es besser, ich habe eine schreckliche Phantasie.«

»Ich auch. Darum ...«

»Aber sie ist wohl nur weggelaufen.«

»Kann ich kaum glauben. Sie hatte es doch so gut bei Ihnen. Sie kam mich zwar hin und wieder besuchen, stromerte einmal durch die Wohnung und wollte dann immer gleich wieder raus. Ich hatte sie einmal aus Versehen im Schlafzimmer eingesperrt – Himmel, hat die Kleine einen Radau gemacht. Nein, weggelaufen ist sie Ihnen sicher nicht. Eher hat jemand versucht, sie mitzunehmen.«

»Ja, das hat Steve auch vermutet. Ich wollte mich nur noch bei Ihnen vergewissern. Nun werde ich SueSue wieder suchen. Mein Gott, und es ist doch so kalt geworden ...«

Mitleidig sah die Frau sie an, aber Salvia schüttelte den Kopf.

»Nennen Sie mich eben verrückt. Ich fahre jetzt zu dem Friedhof.«

Sie stand auf und bedankte sich noch einmal für den Kuchen. Es drängte sie plötzlich aufzubrechen.

17. Auf der Suche

Drei Tierärzte hatte Steve besucht, keiner von ihnen erinnerte sich an eine verletzte oder kranke Streunerkatze, die der auf seinen Bildern entsprach. Die Sprechstundenhilfe des letzten hatte jedoch offensichtlich eine kriminalistische Ader.

»Das ist eine Rassekatze, die von einem Züchter stammt. Devon Rex sind ziemlich selten. Sie könnten versuchen herauszufinden, ob sie jemand aus der Umgebung des Friedhofs zu sich genommen hat. Oder Sie fragen bei unserem Katzenschutzbund nach. Hier, ich gebe Ihnen die Broschüre mit. Und – mhm – die letzte Möglichkeit wäre dann noch, bei der Gemeinde nachzufragen. Die Straßenreinigung ist gehalten, Tierkadaver zu entfernen. Falls sie also überfahren worden ist und am Straßenrand lag, wüssten die Beschäftigten das wahrscheinlich.«

Letzteres war keine freundliche Option, und darum wählte Steve sie als erste. Einigermaßen erstaunt über die Hilfsbereitschaft der Gemeindemitarbeiter und erleichtert über die Auskunft, dass ein Tier mit dem Aussehen der abgebildeten Katze nicht in der Umgebung des Friedhofs gefunden worden war, machte er sich daran, die nächste Anlaufstelle aufzusuchen. Ein Anruf bei der Dame, die sich als die Vorsitzende des Katzenschutzbundes in der kleinen Broschüre bekannte, brachte ihm nach Nennung seines Namens umgehend einen Termin in deren Haus ein. Dann aber machte Steve eine neue Erfahrung.

Er hatte in seinem Leben schon viel gesehen, erlebt und gehört, das ihn erschüttert hatte. Er war durch vermüllte Gassen gelaufen, einem Amokläufer auf den Fersen, hatte die Opfer einer Flutkatastrophe interviewt, hatte unter Maschinengewehrbeschuss seine Artikel ins Telefon gebrüllt, hatte Kriegsflüchtlinge in notdürftigen Lagern besucht, korrupte Politiker entlarvt, die Machenschaften von Drogenhändlern aufgedeckt und sich unter einem einstürzenden Gebäude begraben lassen.

Was die Dame ihm unaufgefordert darüber berichtete, wie manche Menschen mit Katzen umgingen, raubte ihm dennoch den Atem. Er kam überhaupt nicht zu Wort, was ihm selten passierte, denn er war ein geübter Journalist und gewohnt, das Gespräch zu kontrollieren. Aber die Katzenschutzdame hatte ein Anliegen und er den Ruf eines Krisenreporters. Sie forderte nicht Spenden, nicht Geld, nicht Engagement – sie forderte Aufmerksamkeit, die sie wider Willen erhielt.

Als sie einmal Luft holen musste, unterbrach Steve ihren Wortschwall.

»Ich verstehe, dass Sie das Elend der Katzen anprangern, gnädige Frau, ich verstehe auch, dass Aufklärung unbedingt notwendig ist, aber eigentlich bin ich hier, weil ich diese Katze suche.«

Die Frau sah sich das Bild an und schüttelte den Kopf.

»In unseren Pflegestellen befindet dieses Tier sich nicht. Wo haben Sie schon gesucht?«

Er berichtete es ihr.

»Alter Friedhof – ja, den kennen wir auch. Jedes Jahr im Frühling sammeln wir die Jungkatzen ein und lassen sie kastrieren. Wir erwischen nicht alle, aber es dämmt die Flut etwas ein, und darum ist das Revier ausreichend für das Rudel. Wenn sie im April oder Mai dort aufgetaucht ist, ist sie uns vermutlich entgangen.«

»Dann muss ich wohl die Nachbarschaft dort abklappern. Trotzdem danke für Ihre Zeit.«

»Danken Sie mir nicht, Herr Novell, schreiben Sie einen Artikel über das Katzenelend. Sie können jederzeit kommen und Aufnahmen von den geschundenen Kreaturen machen, die wir gerettet haben.«

Misshandlung, Vertreibung, Gefangenhaltung – das hatte ihm schon immer die Galle hochkommen lassen. Bisher hatte er es auf Menschen bezogen, und seine Berichterstattung darüber hatte ihn in die wüstesten Gebiete in aller Welt getrieben. Sein Handicap würde ihm das nun verwehren. Aber seit er sich auf die Suche nach SueSue gemacht hatte, war sein Jagdinstinkt wieder erwacht.

»Mache ich. Sowie ich Klarheit über dieses Tier habe«, sagte er daher zu und erntete ein erfreutes Lächeln.

»Da ist noch etwas, vielleicht eine Spur, Herr Novell. Wir besitzen einige Katzenfallen, die wir bei Bedarf ausleihen, wenn jemand einen Streuner auf seinem Grundstück einfangen will. Es wäre ja möglich, dass die Katze mit Anbruch der kalten Jahreszeit sich wieder ein Haus suchen wollte. Ich werde mal nachhören, ob es Anfragen gegeben hat. Lassen Sie mir ihre Nummer hier.«

Steve tat es, und sein nächster Weg führte ihn zum Tierheim, das allerdings in der nächsten Stadt lag. Große Hoffnung, dort fündig zu werden, hatte er nicht. Doch für einen kurzen Augenblick wähnte er sich fast am Ziel, denn der Betreuer nickte, als er das Bild von SueSue sah, und meinte: »Sieht aus wie unsere Milli.«

Milli mochte zwar eine braune Katze mit hellem Latz sein, ihr Fell jedoch war glatt und nicht gekräuselt. Sie war zutraulich, und als sie um seine Beine strich, beugte Steve sich zu ihr hinunter und streichelte sie unbeholfen. Ein kleines Maunzen belohnte ihn.

»Sie hätte gerne wieder einen Menschen, Herr Novell. Was wäre, wenn Sie Milli ein Zuhause gäben?«

Schöne grüne Augen sahen ihn an.

»Die Katze, die ich suche, gehörte nicht mir, sondern einer Bekannten«, murmelte er und strich Milli noch einmal über den Kopf.

»Vielleicht ...? Wir sind momentan ziemlich überfüllt.«

»Ich spreche mit der Dame.«

Und einen kleinen Augenblick war er versucht, die Katze für sich selbst mitzunehmen.

Was hatten die Fütterfrauen gesagt? Man kann die Welt nicht retten, aber Verantwortung übernehmen für die, die man kennt.

Dann jedoch schüttelte er die seltsame Laune ab. Er hatte sich schon vor zwei Stunden breitschlagen lassen, einen Artikel über die Arbeit des Katzenschutzbundes zu schreiben. Das musste reichen.

Es war dunkel geworden, als Steve zurück zum Friedhof fuhr. Auf der Karte hatte er sich die Straßen der Umgebung markiert, die seiner Meinung nach für eine Katze leicht zu erreichen waren. Zunächst fuhr er sie langsam ab. Einfamilienhäuser, meist schon älteren Datums, standen hier inmitten gepflegter Gartenanlagen mit hohen Bäumen und dichten Hecken. Hier und da eine Baulücke mit verwildertem Grundstück, ein paar Neubauten. In manchen Fenstern leuchteten Sterne, Büsche funkelten im Lichterglanz, Kränze oder Girlanden schmückten Eingangstüren. Er parkte am Straßenrand und wollte sich daranmachen, Klinken zu putzen. Befragungen waren sein täglich Brot. Aber als er aus dem Wagen stieg, passierte das Missgeschick. Der Boden, tagsüber leicht angetaut, war nun mit einer Eisschicht überzogen. Steve verlor den Halt und glitt aus. Hart war der Sturz nicht, und ein gesunder Mann wäre einfach wieder aufgestanden. Aber Steve war auf die linke Seite gefallen. Er verfluchte den Schmerz, er verfluchte die Prothese, er verfluchte sein Schicksal.

Das hatte er nun davon, dass er für ein dorniges Blumenmädchen nach einer kleinen, braunen Katze suchte.

Verantwortung übernahm man am besten nur für sich selbst.

War schon schwer genug.

18. Verstecken

D a kommen wieder Leute, Ormuz. Die haben sogar schon einen Korb dabei.«

SueSue war in die Scheune gesprintet und stand an der Schachtel, in der der blinde Kater seinen Mittagsschlaf hielt. Doch die Nachricht weckte ihn sofort.

»Wo soll ich hin?«

»Nirgendwo. Ich habe eine Idee. Geh mal raus aus der Kiste.«

Ormuz streckte sich kurz und folgte der Aufforderung. SueSue benutzte Nase und Pfoten, um das Handtuch anzuheben, auf dem er gelegen hatte. Als sich eine befriedigende Höhle gebildet hatte, bat sie ihn, darunter zu kriechen.

»Mach dich ganz flach. Ja, so ist gut. Jetzt noch den Schwanz einkringeln.«

»Meinst du, das klappt?«

»Wenn ich mich jetzt obendrauf lege, bestimmt.«

»Oh, na gut, dass du so klein und leicht bist.«

Die Interessenten betraten auch gleich darauf die Scheune und sahen sich suchend um. Zwei junge Grautiger kamen neugierig angeschlichen. SueSue wusste, dass sie nichts gegen ein Menschenheim haben würden, aber leider hatte die Frau ihre Aufmerksamkeit auf sie selbst gerichtet.

»Och ist die niedlich. Die mit dem Wuschelfell«, jodelte sie und trat näher an die Schachtel.

SueSue fauchte.

»Nanana, Kleine. Wir kommen doch, um dich in unser schönes Haus mitzunehmen. Miez, miez, miez!«

Falsche Tonlage, falsche Vokabel. SueSue schoss grüne Blickblitze auf die Frau ab.

Die aber war hartnäckig und wollte zugreifen.

Tinka drängte sich vor.

»Nicht hochheben, unsere Tiere sind alle recht scheu.«

»Ach was, ich kann mit Katzen. Die brauchen nur eine strenge Hand.«

Ach ja?

Ungeachtet der Warnung von Tinka fasste die Frau zu.

Scrrrratsch.

»Aua, du Mistvieh!«

»Beschimpfen Sie das Tier nicht, ich hab sie gewarnt«, fauchte auch Tinka.

»Was ist das hier nur für ein Laden?«, giftete die Frau zurück.

»Überhaupt kein Laden, ein Gnadenhof und kein Zoogeschäft. Wir kümmern uns um alte, kranke und behinderte Tiere.«

»Aber in der Zeitung stand, dass Sie Katzen loswerden wollen.«

»In der Zeitung standen die Tiere drin, die wir vermitteln wollen. Loswerden wollen wir keines. Und schon gar nicht an Leute wie Sie!«

Zornschnaubend stapfte die Frau aus der Scheune

und hinterließ dabei einen Schweif unflätiger Bemerkungen.

Tinka folgte ihr, kam aber kurz darauf zurück und beugte sich über SueSue.

»So, Curly, nun kannst du von Mutzel wieder runterkommen.« Sie fasste in die Schachtel und zupfte leicht an der grauen Schwanzspitze, die sich unter SueSue hervorgestohlen hatte. »Guter Trick, ihr zwei Schlawiner!«

Ormuz wühlte sich aus dem Handtuch und putzte sich das Fell. Tinka streichelte ihn und kraulte auch SueSue.

»Ich passe schon auf, dass niemand euch mitnimmt, den ihr nicht mögt. Aber, Curly, du suchst doch bestimmt einen netten Menschen, nicht? Du hattest sicher mal ein Zuhause, so verschmust wie du bist.«

SueSue versuchte, Tinka mit ihren Worten zu erklären, dass sie inzwischen lieber hier bei Ormuz und Mac bleiben wollte, und irgendwie schien die junge Menschin sie zu verstehen. Sie streichelte sie noch einmal, dann verließ auch sie die Scheune, um sich um weitere Besucher zu kümmern. Keiner kam jedoch in die Nähe ihrer Kisten.

»Das war knapp«, sagte Mac, der schließlich aus der Ecke gekommen war, in die er sich meistens verkroch, wenn Menschen die Scheune betraten.

»Ein wehrhaftes Geschöpf, diese SueSue«, meinte Ormuz.

»Aber sie hat Tinka nicht ganz die Wahrheit gesagt, nicht? Eigentlich willst du wieder einen Menschen«, meinte Mac und setzte sich neben sie. »Du bist nicht

112

krank, du bist nicht alt, und mistig behandelt hat man dich auch nicht.«

»Ich find's netter hier.«

»Wer hat dich eigentlich hergebracht?«

»Ein Mensch mit einer Falle.«

Mac bekam große Augen.

»Ach, du Ärmste. Auch eine Falle? Hat man dir wehgetan?«

»Nein, nicht so eine Beißfalle wie die, in die du geraten bist. So ein Gitterkorb.«

»Erzähl uns davon, SueSue.«

»Immer willst du Geschichten hören«, maulte SueSue, meinte es aber nicht ernst, sondern stupste Ormuz mit der Nase an.

»Ich höre eben besser, als ich sehe. Nun mach schon.«

»Na gut. Also es wurde Herbst, die vier jungen Tolpatsche waren ganz pfiffig geworden und brauchten mich nicht mehr. Sogar das Schisserchen kam inzwischen alleine von den Bäumen wieder runter. Es wurde nachts schon immer sehr kalt, morgens lag Frost über den Steinen, und die Mäuse verzogen sich tiefer in ihre Höhlen. Ich dachte mir, dass ich irgendwo einen besseren Unterschlupf finden müsste. Die Menschen machen das Innere ihrer Häuser so schön warm und verstecken auch im Winter das Futter nicht. Ich war ja im Sommer etwas durch die Gegend gewandert und hatte einige nützliche Gärten besucht. Da wollte ich mein Glück wieder versuchen. Also bin ich über die Straße und wanderte von Haus zu Haus. Manchmal stand Futter draußen – für

113

Hunde, hin und wieder solches für Menschen. Wenn Fleisch dran ist, ist es gut. Ein paar Mal musste ich mich mit anderen Katzen raufen, Reviergrenzen, ihr wisst schon, aber dann fand ich ein nettes Paar Kätzinnen, das mir erlaubte, in seinem Garten unterzuschlüpfen. Die beiden hatten auch so eine Klappe, die ins Haus führte, und hin und wieder bin ich heimlich rein und habe mir den Bauch vollgeschlagen.«

»Das war aber gefährlich«, knurrte Mac. »Man betritt doch nicht einfach Menschenrevier.«

»Och, kann man schon. Die hören ja nicht so gut. Obwohl – irgendwann stellten sie mir Futter draußen hin. Fand ich anfangs auch ziemlich nett. Darum machte mir das auch nach einer Woche nichts aus, dass die Schüssel in diesem Gitterkäfig stand. Ich kam ja immer wieder raus.« SueSue machte eine dramatische Pause und strich sich die Schnurrhaare glatt, was wenig Erfolg hatte, denn sie kräuselten sich gleich wieder.

»Gitterkäfig«, sagte Mac. »Nun sag schon.«

»Tja, Gitterkäfig. Ziemlich groß, unten eine Metallplatte und drin ein Napf mit ganz furchtbar köstlich duftendem Futter. Mit Soße! Stand eines Tages etwas weiter hinten, und kaum hatte ich einen Schritt draufzugemacht, schepperte es hinter mir, und der Ausgang war versperrt. Da saß ich drin und kreischte. Sie haben dann eine Decke drüber geworfen und mich weggeschleppt. Seither bin ich hier.«

»Wie gemein von den Aufrechten!«

»Ich weiß nicht, Mac. Zu den beiden Kätzinnen waren

sie sehr nett, die haben ihre Menschen gelobt. Aber wahrscheinlich reichte das Revier nicht für mehr als zwei, es war nur ein winzigkleiner Garten. Ist ja auch nicht schlimm, hier geht es mir ja gut.«

Ormuz' blinde Augen sahen sie an, und SueSue kratzte sich verlegen hinter den Ohren. Dann drehte sie sich um und legte sich in ihre eigene Schachtel.

Der blinde Weise sah zuviel.

Viel zu viel.

Aber wie sollte sie nur zu Salvia zurückfinden?

Und warum wünschte sie sich das eigentlich so sehr?

Sie döste und träumte, und vor ihren Augen sah sie wieder das Menschengesicht. Und den feinen, hauchdünnen silbrigen Faden, der sie und Salvia miteinander verband.

Und als sie tiefer in die Träume versank, kamen die Erinnerungen.

19. Salvia und der böse Wolf

S tell dir vor, Mona, er war auf diesem alten Friedhof und hat nach SueSue gesucht!«

»Der einsame Wolf? Tatsächlich?«

Mona deckte die Tische für die Mittagsgäste ein und stellte die Töpfchen mit Christrosen dazu, die Salvia ihr reichte.

»Ja, die Frauen, die dort die wilden Katzen füttern, haben mir gesagt, dass er da war, ihnen ein Foto gezeigt und nach ihr gefragt hat. Sie haben ihn zu den Tierärzten und dem Tierheim geschickt.«

»Und – hat er eine Spur gefunden?«

»Weiß ich nicht. Er hat sich seit dem vergangenen Sonntag, an dem wir hier gegessen haben, nicht bei mir gemeldet.«

Mona stellte das Glas ab, das sie in der Hand hielt.

»Das ist sechs Tage her. Hast du irgendwelche moralischen, esoterischen oder sittlichen Bedenken, warum du nicht bei ihm nachfragst?«

»Ich habe seine Telefonnummer nicht.«

»Steht im Internet. Außerdem wohnt er hier im Ort, Adresse kann ich dir geben.«

Salvia biss sich auf die Unterlippe. Sie hatte auch schon überlegt, ob sie sich bei ihm melden sollte, aber sie hatte Angst, dass es so aussehen würde, als ob sie ihm nachliefe.

»Du hast Angst, er könnte glauben, du seiest hinter ihm her, stimmt's?«

»Ich finde dich widerlich, Mona.«

»Nur weil ich dich durchschaue. Du bist hinter ihm her.«

»Bin ich nicht.«

»Doch, sonst hättest du solche Bedenken nämlich nicht.«

»Ich habe kein Interesse an irgendwelchen Männern.«

»Er ist aber ein interessantes Objekt, der böse Wolf. Um so mehr, als er jetzt auf der Jagd nach deiner SueSue ist. Glaubst du, das macht er nur, weil er Langeweile hat?«

Gefragt hatte Salvia sich das allerdings auch schon. Eigentlich hätte sie auch verflixt gerne gewusst, ob er etwas herausgefunden hatte. Und im Grunde verspürte sie den Wunsch, wieder in seine ruhigen Augen zu sehen und diese seltsame Gefühl von Geduld und Verständnis zu spüren, das unter seiner verwitterten Oberfläche lag. Aber wahrscheinlich würde sie sich dabei nur blaue Flecken holen.

Andrerseits erfuhr sie vielleicht auch etwas über Sue-Sues Verbleib.

Salvia stellte den letzten Blumentopf ab und nickte.

»Gib mir die Adresse!«

Salvia hatte einen Korb bepflanzt und weihnachtlich dekoriert. Ein Vorwand, sagte sie sich, um Einlass in die

Wolfshöhle zu erlangen. Sie packte ihn gegen die Kälte in Zeitungspapier ein und wickelte von der Papierrolle ein großes Stück ab, um ihn einzuschlagen. Dann machte sie sich damit auf den Weg zu Steve Novells Haus.

Ein bisschen heruntergekommen sah es aus, und vor der Einfahrt parkte der Wagen des örtlichen Sanitärbetriebs.

Wenn ihm die Heizung ausgefallen ist, wird er vermutlich noch unleidlicher sein als sonst, vermutete Salvia und drückte entschlossen auf die Klingel.

Eine Frau mittleren Alters in Jeans, Pullover und Schürze öffnete ihr.

»Ist Herr Novell zu Hause?«

»Er ist hier, aber geben Sie mir lieber, was immer Sie abzuliefern haben. Er möchte nicht gestört werden.« Dann lächelte sie. »Sie können es mir ruhig gaben, ich bin seine Haushälterin.«

»Kann jeder sagen«, meinte Salvia und reichte ihr grinsend die Schale. »Aber ich würde ihn trotzdem gerne sprechen. Soll ich es später noch mal versuchen?«

»Rudis Blumenladen«, las die Haushälterin laut. »Sind Sie die Dame, die diese herrlichen Gestecke macht?«

»Ja, zumindest versuche ich das.«

»Kommen Sie rein! Ich werde ihn veranlassen, aus seiner Höhle zu kriechen. Er kann Aufmunterung gebrauchen.«

»Was ist passiert?«, fragte Salvia, als sie in die Diele trat.

»Ach, ich dachte, Sie wüssten es – wegen der Blumen.

118

Er ist vorgestern gestürzt, der Dummkopf. Er übernimmt sich ständig.«

»O je, hat er sich verletzt?«

»Sein Bein – sie haben ihn ins Krankenhaus gebracht, er ist erst heute Morgen wieder zurückgekommen.«

»Dann sollte ich bestimmt nicht ...«

»Sie sollten auf jeden Fall. Sie sind doch das Mädchen, das die Katze sucht, nicht wahr?«

Salvia nickte.

»Wunderbar. Sie sind die Erste, die ihn seit langer Zeit wieder aus seiner düsteren Wolke geholt hat. Kommen Sie mit in die Küche, da ist es im Augenblick am gemütlichsten, wir haben Handwerker im Haus. Ich bin übrigens Hertha.«

Salvia blieb an der Küchentür stehen, während Hertha zur Treppe ging und nach Steve rief.

»Ich will niemand sehen, verdammt noch mal!«, war die lautstarke und barsche Antwort.

»Seien Sie nicht so unhöflich zu Ihren Besuchern«, brüllte die Haushälterin zurück.

»Schmeißen Sie raus, wer immer es ist.«

Salvia erhob ihre Stimme: »Ich vernehme das gallige Röhren des Bitterlings!«

Oben wurde eine Tür aufgerissen.

»Was?«

»Oder die bittere Galligkeit eines Röhrlings?«

»Hau ab, Kräuterhexe!«

»Salbei ist gut bei Gallenbeschwerden«, rief sie zurück.

»Ich hab keine Gallenbeschwerden.«

»Gehen Sie hoch«, flüsterte Hertha. »Und geben Sie's ihm. Lassen Sie sich ja nicht einschüchtern.«

Salvia lief die Treppe hoch und stand einem wütend blitzenden Steve gegenüber, der sich auf zwei Krücken stützte, das linke Hosenbein seines grauen Trainingsanzugs war hochgesteckt. Ihr Herz zog sich zusammen, aber sie bewahrte ihre grimmige Miene.

»Man hat mir gesagt, dass du hinter meiner Katze her bist«, fauchte sie ihn an. »Was soll das heißen?«

»Ich bin nicht hinter deiner dämlichen Katze her.«

»Bist du wohl. Wo ist sie?«

»In einem Straßengraben verreckt!«

»Ach ja? Das hat dir die Straßenreinigung bestätigt?«

Ein Grollen kam aus seiner Kehle, und Salvia trat näher.

»Du selbst hast mir gesagt, ich solle nicht alles glauben, was man mir über den Tod meiner Katze erzählt. Du selbst hast mich mit den Bildern von einer braunen Katze überzeugen wollen, dass SueSue noch lebt. Du selbst hast gesagt, dass ich sie suchen sollte«, zischte sie, dann erhob sie ihre Stimme ebenfalls zum Gebrüll: »Und jetzt erzählst du mir einen solchen Scheiß!«

Steve war rückwärts gehumpelt und lehnte nun an der Schreibtischkante. Er sah verstört aus.

Salvia trat noch näher an ihn heran und stellte sich auf die Zehenspitzen, so dass sie sich Nase an Nase befanden.

»Wo. Ist. SueSue?«

»Weiß. Ich. Nicht!«

Salvia grinste, dann umfasste sie sein Gesicht mit ihren Händen und gab ihm einen sanften Kuss.

»Schon besser. Und nun berichte.«

»Kann ich nicht.«

»Warum nicht?«

»Du stehst zu nahe.«

»Irritiert dich das?«

»Es könnte mich zu unpassenden Reaktionen verleiten, die eines galligen Krüppels nicht angemessen sind.«

Eine halbe Stunde später war Salvia auf den Stand der Nachforschungen gebracht, und als sie das Haus verließ, waren ihre Wangen gerötet.

Nicht von der Kälte.

Sie machte sich auf, in der Gegend um den Friedhof Klinken zu putzen.

20. Wiederfinden im Gnadenhof

Steve raufte sich die Haare. Das lief alles völlig aus dem Ruder. Ganz und gar. Alle Frauen schubsten ihn herum, ihn einen Mann, der sich für hart und abgebrüht gehalten hatte. Der mit den kaltblütigsten Verbrechern klargekommen war, der die brenzligsten Situationen gemeistert hatte, der in den gefahrvollsten Augenblicken kühlen Verstand bewahrt hatte.

Er warf sich in seinen Sessel und wollte zur Flasche greifen, um zu vergessen.

Das Telefon läutete.

Er ging nicht dran.

Hertha tat es unten am Nebenanschluss und kam mit dem Hörer in der Hand in sein Zimmer gestürmt.

Schon wieder Rumschubsen!

»Katzenschutzbund, mein Lieber. Eine Nachricht von der Vermissten.«

»Geben Sie her!«

Und dann hörte er doch aufmerksam zu.

Die Katzenfalle war einer Familie Liebherz im November übergeben worden, deren Haus von einer Streunerkatze belagert worden war. Im Dezember war die Falle zurückgebracht worden. Die Leute wohnten in der Nachbarschaft des alten Friedhofs.

Steve bedankte sich, wenngleich noch etwas mürrisch, aber dann fühlte er wieder den sanften Salbeimund auf seinen Lippen, und ein verstohlenes Lächeln huschte über sein Gesicht. Salbei war tatsächlich gut bei Gallenbeschwerden.

Wäre vielleicht ein hübsches Weihnachtsgeschenk für die garstige Kräuterhexe, wenn er ihr SueSue übergeben könnte.

Er raffte sich auf, zog sich an und hangelte sich an seinen Krücken die Treppe hinunter. In der Küche packte Hertha eben die Pflanzschale aus, und ein Teil der Zeitung, in der sie eingewickelt war, lag auf dem Tisch.

Zwei Katzenaugen sahen ihn bezwingend an.

Mac schon wieder. Der Kater vom Gnadenhof. Er schien es darauf angelegt zu haben, ihn zu verfolgen.

In dem Augenblick traf es ihn wie ein Blitzschlag.

Er nahm das zerknüllte Blatt auf, strich es glatt und las noch einmal den Artikel. Nicht artgerecht gehaltene Tiere, ausgesetzte, verwahrloste, verletzte und alte fanden dort ihr Heim. Jene, die wieder aufgepäppelt werden konnten, wurden vermittelt, andere blieben bis an ihr Ende dort.

Da weder bei dem Katzenschutzbund noch im Tierheim SueSue aufgetaucht war – verflixt, warum war er nicht schon früher auf die Idee gekommen?

»Ich fahre zum Gnadenhof«, verkündete Steve der verdutzten Hertha.

»Sie fahren nicht selbst. Ich fahre Sie.«

»Wissen Sie, Hertha, wie ich das hasse?«

»Ja. In ein paar Tagen können Sie die Prothese wieder tragen, dann fahren Sie selbst.« Nach kurzem Zögern fragte sie milder: »Ist das denn so schwer zu lernen, Hilfe anzunehmen?«

»Unerträglich schwer«, murmelte er. »Ich muss noch telefonieren, dann fahren wir.«

Einige Telefonate später betrat Steve mit Hertha am frühen Nachmittag den Gnadenhof. Man hatte ihm zwar beschieden, dass vor den Feiertagen keine Besucher mehr erwünscht seien, aber als er seinen Presseausweis vorzeigte, wurden sie doch eingelassen. Eine stupsnasige Tierpflegerin stellte sich als Tinka vor und hörte sich seine Geschichte aufmerksam an.

»Ja«, sagte sie und betrachtete das Foto. »Ja, das könnte unsere kleine Curly sein. Aber ich weiß nicht recht ... Sie scheint sich hier sehr wohlzufühlen.«

»Ich will Sie Ihnen ja gar nicht gleich entführen, sondern erst einmal nur fotografieren.«

»Nun, das wird sich machen lassen. Aber versprechen kann ich nicht, dass sie sich Ihnen zeigt. Sie hat einige bemerkenswerte Tricks drauf, sich unsichtbar zu machen.«

Steve folgte Tinka in die Scheune, in der die Katzen hausten, und sah sich um. In Körben, Kisten und Schachteln ruhten überall die Bewohner, es schien sich um die nachmittägliche Dösestunde zu handeln. Nur aus einem Korb erhob sich ein großer Grautiger und starrte ihn bezwingend aus seinen gelbgrünen Augen an.

Steve starrte zurück.

Der Kater machte einen Buckel und streckte sich. Dann kletterte er aus seinem Korb und marschierte spornstreichs auf Steve zu.

Der starrte noch immer.

»Das ist Mac. Na, Junge, heute aber zutraulich«, meinte Tinka und erklärte dann: »Komisch, sonst ist er immer der Erste, der verschwindet, wenn Fremde kommen.«

»Mac?«, sagte Steve heiser und starrte weiter den Dreibeinigen an. Der starrte zurück.

Tinka sah zwischen den beiden hin und her.

»Setzen Sie sich hier auf den Strohballen, Herr Novell. Wenn Sie sich eine Weile ganz ruhig verhalten, trauen sich die anderen auch hervor.«

»Ja, ich weiß.«

Er setzte sich auf den Ballen und lehnte seine Krücken neben sich.

Tinka hielt sich beobachtend im Hintergrund, Hertha ebenfalls.

Mac strolchte näher.

»Was ist nur mit Mac los?«, wisperte SueSue in Ormuz' Ohr unter dem Handtuch, unter dem sie beide sich verkrochen hatte. »Der ist auf den dreibeinigen Mann zugegangen, als ob er ihn kennt.«

»Vielleicht tut er das?«

»Kaum. Das ist der Mensch, der uns auf dem Friedhof mit seinem künstlichen Auge beobachtet hat.«

»Mhm. Interessant.«

»Jetzt drückt er sich sogar an sein Bein.«

Ormuz krabbelte aus der Handtuchhöhle, spitzte die Ohren und ließ seine Schnurrhaare flattern.

»Riecht nicht verkehrt.«

»Nein, sieht auch nicht verkehrt aus. Der hat uns nie was getan, dieser Mann. Er ist geduldig wie eine Katze vor dem Mauseloch. Aber damals hatte er noch zwei Beine und einen Stock. Jetzt hat er nur noch eins und zwei Stöcke.«

»Vielleicht ist er auch in eine Beißfalle geraten. Kann sein, dass Mac Mitleid mit ihm hat.«

»Könnte sein.«

SueSue befreite sich auch von dem Handtuch, um besser sehen zu können. Dieser Mann würde sie bestimmt nicht entführen.

Steve blieb, wie er es bei dem Katzenrudel auf dem Friedhof geübt hatte, ganz unbeweglich und in sich selbst zurückgezogen. Doch er konnte es nicht lassen, den Grautiger unter den gesenkten Lidern zu beobachten. Er hatte einmal kurz seinen Kopf an seinem Bein gerieben, was ihn seltsam berührte. Nun saß er wieder vor ihm und starrte ihn an. Ruhig, ausgiebig, intensiv.

Der Blick bannte ihn, und sehr, sehr langsam ließ er seine Hand nach unten baumeln.

Der Kater musterte sie. Dann hob er seinen linken Hinterlauf, um sich nachdenklich am Ohr zu kratzen. Nur dass da kein Hinterlauf mehr war.

Mac fiel um.

Steve fing ihn auf und hob ihn hoch. Setzte ihn auf seinen Schoß. Kratzte ihn am Ohr.

Mac schnurrte.

»Scheiße, Kumpel, was?«

»Brmmm.«

Steve hatte schon mal Pferde getätschelt und Hunde gekrault, eine Katze hatte er jedoch noch nie gestreichelt.
Aber jetzt tat er es ganz selbstverständlich. Und außerdem
murmelte er dabei lauter dummes Zeug, wie er verblüfft
bemerkte. Nur dass Mac es wohl nicht für Blödsinn hielt.

»Der Mann streichelt Mac. Hey, Ormuz, das gibt es nicht!
Unser Raubein lässt sich von einem Aufrechten streicheln.«

»Manche, SueSue, finden ihre Menschen irgendwann
wieder, mit denen sie einmal verbunden waren. Mac
spricht nicht viel über seine Vergangenheit, aber ich
glaube, er hat schon viele Leben gelebt.«

»Ob der Mann damals auf dem Friedhof nach ihm gesucht hat?«

»Wer weiß? Menschen können nicht immer ihre Hand-
lungsweisen begründen, aber rudimentäre Instinkte haben sie auch.«

SueSue beobachtete nachdenklich weiter, wie der
Mann und Mac sich mehr und mehr anfreundeten.
Schließlich brach es aus ihr heraus: »Ob meine Salvia
auch Instinkte hat?«

»Hat sie welche gezeigt, als ihr noch zusammen wart?«

Sie dachte kurz nach. »Ich glaube schon. Mehr als die
anderen Menschen zuvor. Sie konnte sogar ein paar Worte
sprechen. Schlechte Betonung und so, und Schnurren

klappte gar nicht, aber Bewegungen und Blicke waren fast immer richtig.« Versonnen setzte sie hinzu: »Sie hatte eine Bürste. Du, das war fast so gut wie eine Zunge!«

»Sie hatte wohl schon vor dir eine Katze.«

»Ja, das könnte sein. Aber nicht in dem Haus, in dem sie wohnte.«

»Menschen wechseln oft das Revier.«

»Achtung, jetzt kommt Tinka.«

Tinka setzte sich neben Steve und sah den Kater auf seinem Schoß an.

»Haben Sie ihn verhext?«

»Nein. Umgekehrt wird ein Schuh draus. Dreimal hat er mich nun schon aus der Zeitung angestarrt. Als ob er mich verfolgen wollte.«

»Wir haben ihn aber nur einmal reingesetzt.«

»Ja, aber diese spezielle Seite tauchte immer wieder bei mir auf, als Müllpapier und als Verpackung. Und immer starrte mich dieser Kater an.«

»Er braucht Auslauf. Haben Sie einen Garten?«

»Was meinen Sie damit?«

»Sehen Sie das denn nicht selbst? Sie sind gerade zu seinem Menschen erkoren worden.«

»Ich kann mich nicht um ein Tier kümmern«, erwiderte Steve und wusste selbst, dass er verstockt wirkte.

»Zuviel unterwegs?«

Mac sprang von seinem Schoß und stolzierte ein paar Schritte von ihm fort. Steve vermisste die Wärme auf seinen Oberschenkeln.

»Das Haus wird renoviert.«

»Nehmen Sie Rauputz statt Tapeten.«

»Ich weiß nicht, wie man mit Katze umgeht.«

»Das lehren sie einen schnell.«

»Ich kann keine Verantwortung für ein behindertes Tier übernehmen.«

»Wenn nicht Sie, wer sonst, Herr Novell? Sie haben gerade eben gezeigt, dass Sie es ausgezeichnet können.« Tinka legte ihm die Hand auf den Arm. »Er hat keine guten Chancen, wieder vermittelt zu werden. Aber er ist so ein tapferer Kerl. Als er in der Falle saß, berichtete uns der Förster, der ihn brachte, hatte er versucht, sich selbst das Bein abzubeißen.«

Steve ballte die Hände zu Fäusten. Dann hob er den Kopf und fragte: »Was brauche ich alles?«

»Eine Schachtel mit einer Decke, ein Katzenklo, täglich zweimal Futter. Den Rest erkläre ich Ihnen morgen, wenn ich ihn zu Ihnen bringe.«

»Ich nehme ihn gleich mit.«

»Geht nicht, ein bisschen Verwaltung geht vor. Und ich muss mich vergewissern, dass er bei Ihnen gut gehalten wird.«

»Na gut.«

»Danke, Herr Novell.«

Mac schien verstanden zu haben, dass sein Schicksal besiegelt war. Er kam zurück und setzte sich neben die linke Krücke.

Dann brummelte er leise.

»Ist gut, Kumpel.«

Steve kratzte ihn zwischen den Ohren. Mac rieb seinen dicken Kopf in seiner Hand.

»Er nimmt ihn mit«, stellte SueSue fest.

»Dann wird es richtig sein. Eine Katze sollte sich ihren Menschen aussuchen, nicht umgekehrt.«

»Ich werde mich von ihm verabschieden.«

»Ich komme mit.«

SueSue und Ormuz schlenderten zu Mac und dem Mann auf dem Strohballen. Dass der sie mit ungeheurer Überraschung betrachtete, ignorierten sie.

»Mac, du gehst mit ihm?«

»Denke ja. Der braucht mich.«

»Ja, sieht ganz danach aus.«

»Morgen holt er mich ab.«

»Wir werden dich vermissen, Mac«, brummelte Ormuz. »Aber du weißt ja, was du tust.«

»O ja, das weiß ich.«

Zufrieden setzten die drei sich nebeneinander, und als der Mann sein künstliches Auge auf sie richtete, posierte SueSue sogar ein wenig für ihn. Dann streichelte er Mac noch einmal, erhob sich ein wenig mühselig und schloss sich Tinka an. Die beiden gingen langsam und in ein ernstes Gespräch vertieft zu dem Büro, zu dem den Tieren der Zutritt verwehrt war.

21. Ein kätzisches Weihnachtsgeschenk

Salvia warf die Mütze auf die Theke im Blumenladen und rieb sich die eisigen Hände. Sie war durchgefroren und frustriert. Zwei Nachmittage lang war sie schon durch die Straßen getrottet und hatte an den Türen der Häuser geklingelt, um die Bewohner nach der Streunerkatze zu fragen, die möglicherweise im November dort durch die Gärten geschlichen war.

»Die Hälfte der Leute ist nicht zu Hause, die andere Hälfte weiß nichts oder schlägt mir pampig die Nase vor der Tür zu«, schnaufte sie und putzte sich die laufende Nase.

»Was erwartest du am Dreiundzwanzigsten, Salvia«, sagte Rudolf und warf ein paar Blätter in den Mülleimer. »Die Leute sind schon verreist oder machen letzte Panikeinkäufe oder sind im Stress, weil sie Besuch erwarten.«

»Ja, ja, du hast recht.«

»Du hast dein Kätzchen nun schon so lange vermisst, Salvia. Es kommt jetzt auf ein paar Tage auch nicht mehr an. Wenn sie eingefangen wurde, dann hat sie inzwischen einen warmen Platz. Und wenn nicht, kannst du auch nichts mehr ausrichten.«

»Ja, ja.«

»Ach, Mädel, ich versteh's ja. Der einsame Wolf hat dir die Hoffnung wiedergegeben. Und nun muss alles ganz schnell gehen. Komm, lenk dich ab. Da drüben steht ein kleines Bäumchen. Ich bring es dir in die Wohnung, und du schmückst es hübsch. Du hast doch für morgen Abend Gäste eingeladen.«

»Als ob die sich was aus meinem Gestrüpp machen.«

Rudolf legte ihr den Arm um die Schultern. »Mona würde nicht so viel hier bestellen, wenn sie es nicht hübsch fände, was du machst. Und ich habe mich auch allmählich daran gewöhnt.«

Salvia legte erschöpft ihren Kopf an seine schafwollene Schulter.

»Irgendwie geht alles schief.«

»Winter-Depri«, sagte Rudi und tätschelte ihre Hand. »Liegt an diesen dunklen Tagen. Komm, such ein bisschen buntes Zeug zusammen, mit dem du deine Zimmer schön weihnachtlich machen kannst.« Er legte ihr die Hand unter das Kinn und hob es an, um ihr in die Augen zu sehen. »Willst du nicht den einsamen Wolf für morgen einladen? Der sitzt bestimmt ganz alleine in seiner Höhle und säuft.«

Der Vorschlag weckte widerstreitende Gefühle in Salvia, aber schließlich lächelte sie: »Wenn schon keine Katze, dann wenigstens ein Wolf, meist du?«

»Mhm.«

»Gut, ich rufe ihn an. Aber ich bin mir nicht sicher, ob er kommt.«

»Das kriegst du schon hin.«

Salvia tat also wie vorgeschlagen und packte Kugeln, bunten Bast und allerlei Glitzerkram zusammen und folgte dann Rudolf, der mit dem Bäumchen voran in ihre Wohnung ging.

»Der Mann mit den drei Beinen hat gesagt, er will dich auch abholen«, sagte ein junger, schlanker Grautiger zu SueSue. »Ich hab bei Tinka auf der Fensterbank gesessen und zugehört, als er Mac mitgenommen hat.«

»Ich will nicht mit dem mit.«

»Warum nicht?«, fragte Ormuz. »Der scheint doch ganz in Ordnung zu sein. Und du wärst mit Mac zusammen.«

»Ja, schon ... Aber ich bin lieber mit dir zusammen. Ich meine, du brauchst mich doch. Na ja, nicht richtig, aber ...«

»Ich brauche dich natürlich, SueSue, obwohl ich mich inzwischen hier wirklich gut auskenne. Ich mag zwar nichts mehr sehen, aber meine Schnurrhaare und meine Nase funktionieren noch. Besser denn je, habe ich den Eindruck.« Er schlappte ihr aber dennoch über das leicht gesträubte Fell. »Ich brauche dich und deine Geschichten und dein Schnurren, wenn du an meinem Bauch liegst.«

»Eben, darum will ich hierbleiben. Ich brauche das nämlich auch.«

SueSue kuschelte sich betrübt an ihn.

»Den werden wir nicht mit der Handtuchnummer täuschen können. Der hat auf dem Friedhof auch immer alle entdeckt, die sich versteckt haben.«

»Ja, der hat verdammt gute Instinkte für einen Menschen.«

»Trotzdem, ich will nicht mit zu ihm. Wenn, dann will

ich zu Salvia. Vielleicht sucht die mich ja doch. Jetzt, wo wieder Weihnachten ist.«

»Könnte sein. Vor allem, weil du so viel an sie denkst.«

»Wir müssen ein besseres Versteck finden, Ormuz.«

»Mhm. Wird frostig, draußen.«

»Ja, ich weiß.«

»Und die Mäuse kommen aus ihren Höhlen nicht mehr raus.«

»Auch ein Problem.«

Sie versanken in nachdenkliches Schweigen.

Plötzlich zuckte Ormuz' Schwanz heftig.

»Nun ja, ich wüsste da einen Platz.«

»Ja?«

»Mhrrr.«

»Sie sind und bleiben verschwunden«, sagte Tinka kopfschüttelnd, als Steve am Morgen des Heiligen Abends wieder im Gnadenhof vorstellig wurde. »Ich versteh das nicht. Noch nicht einmal zum Futter sind sie aufgetaucht.«

»Könnten sie weggelaufen sein? Ich meine, das Tor zu den Weiden steht tagsüber offen, nicht wahr?«

»Katzen fliehen nur aus ihrem Revier, wenn sie von irgendwas in Panik versetzt wurden. Ich war dabei, Herr Novell, als Curly und Mutzel plötzlich losliefen. Da war nichts, was Panik ausgelöst hatte. Außer, Sie haben kraft Ihrer magischen Gedankenströme etwas in ihnen ausgelöst.« Sie sah ihn nachdenklich an. »So wie Sie auch Mac zu einem sehr ungewöhnlichem Verhalten verführt haben. Wie geht es ihm?«

»Er hat das Haus inspiziert und an der Schlafzimmertür eine Kratzmarke hinterlassen. Ich nehme an, ich muss jetzt Miete an ihn zahlen.«

Tinka kicherte, wurde dann aber wieder ernst. »Tiere sind sehr sensibel. Manchmal scheint es fast, als könnten sie unsere Gedanken lesen. Sie werden das noch merken, wenn Sie Mac zum Tierarzt bringen wollen. Sie brauchen weder das Wort zu sagen noch den Korb zu holen – allein Ihre Vorstellung davon, dass er beispielsweise seine Impfung braucht, wird ihn dazu bringen, unsichtbar zu werden.«

»Wohingegen der einfache Gedanke an ein Wurstbrot ihn sofort in die Küche lockt. Meine Haushälterin berichtet, dass er ein begnadeter Dieb ist.«

»Versuchen Sie, es ihm abzugewöhnen. Aber das alles wird leichter, wenn sie ihn in zwei, drei Wochen rauslassen.«

»Werden sehen. Also, lassen Sie uns noch mal überlegen, wo die beiden Ausreißer sein könnten, wenn sie eben nicht in Panik getürmt sind. Dann müssten sie noch hier auf dem Gelände sein.«

»Dachten wir auch, und wir haben wirklich alles abgesucht. Katzen lieben die Wärme, trotzdem haben wir auch die Holzstapel, die Futterkrippen und die Strohballen draußen durchsucht. Wir haben Futter ausgelegt, aber auch das hat sie nicht hervorgelockt. Ich verstehe das nicht.«

»Mhm«, sagte Steve und sein Jagdinstinkt erwachte. »Warm und Futter. Sie werden nicht freiwillig in der Kälte hungern. Wo bekämen sie hier sonst noch Futter her?«

»Katzenverträgliches? Höchstens bei den beiden Zwergschweinen.«

»Sie haben auch Hunde hier.«

»Derzeit zum Glück nur noch zwei, und wenn sie dem kleinen Terrier an den Napf gingen, dann würde der einen hysterischen Anfall bekommen und kläffen, dass die Scheiben klirren. Und Berni liegt zwar die meiste Zeit apathisch vor seiner Hütte, aber sein Fressen bewacht er gut.«

»Er ist schon ziemlich betagt, der Berni.«

»Ja, deswegen behalten wir ihn ja auch hier. Er ist ein lieber Kerl und zufrieden damit, zweimal am Tag eine Runde über den Hof zu trotten. Die anderen Tiere und auch die Menschen betrachtet er mit der Abgeklärtheit seines Alters«, meinte Tinka.

Steve stand auf.

»Kommen Sie mit.«

»Wohin?«

»Zur Hundehütte.«

Steve ging voraus und blieb vor Berni stehen, dessen Kopf aus der hölzernen Hütte ragte. Der Hund blinzelte ihm zu, gab ein leises »Wuff« von sich und schloss die Augen wieder. Mit dem Finger auf den Lippen mahnte Steve Tinka zu schweigen und beugte sich über das Dach der Hütte. Dann grinste er die Betreuerin an.

»Gotcha!«

»Da drin?« Dann lauschte sie auf das vernehmliche Schnurren, das durch die Ritzen des Daches klang, und grinste ebenfalls. »Schlawiner! Ich hole Decke und Korb.«

»Holen sie zwei.«

»Herr Novell?«

»Nennen Sie es Instinkt.«

Der Vormittag des Heiligen Abends war noch einmal sehr hektisch, Dutzende von Vorbestellungen wurden abgeholt, zahllose letzte Sträuße mussten gebunden, die letzten Weihnachtssterne mit Schleifen versehen werden, und sogar das restliche Dekorationsmaterial fand noch Abnehmer. Als Rudolf und Salvia den Laden mittags schlossen, war das Lager beinahe leergeräumt.

»Wir haben ein gutes Geschäft gemacht, Rudi.«

»Sieht so aus. Soviel war hier an Weihnachten noch nie los. Bist mein Goldstück, Salvia.«

»Kriege ich eine Gehaltserhöhung?«

»Ach, so raffgierig, die jungen Leute. Lobt man sie, wollen sie immer gleich Knete.«

»Ist doch Weihnachten. Und durchfüttern werde ich dich heute und morgen auch noch.«

»Na, mal sehen, was sich machen lässt. Hat der Fotograf zugesagt?«

»Auf seine gewohnt gallige Weise – ja. Und deshalb sehe ich jetzt zu, dass ich die Ente in die Röhre bekomme. Mit ganz viel Salbei.«

Das Bäumchen war geschmückt, der Tisch gedeckt, es duftete nach schmurgelnder Ente. Salvia steckte sich ihre kleinen Goldkreolen in die Ohrläppchen und fuhr sich noch einmal mit dem Puder über die Nase. Sie war mit ihrem Spiegelbild einigermaßen zufrieden und versuchte, das Flattern in ihrem Bauch zu ignorieren. Das war vermutlich nur Hunger. Und nicht Nervosität, nur weil ein einsamer Wolf sie besuchen würde. Er kam ja auch nicht alleine, Mona und Rudi waren ebenfalls noch dabei. Also – nur Hunger.

»Salvia, kannst eben noch mal in den Laden kommen?«, rief Rudolf durch das Treppenhaus.

Sie zog eine Grimasse und betrachtete ihre frisch lackierten und endlich von Harz und Glimmer befreiten Fingernägel. Wenn jetzt noch einer einen Strauß haben wollte, dann würde es auch nur ein Besen werden.

Sie lief die Treppen hinunter zum Laden und fand Mona im Gespräch mit Rudolf. »Ah, danke, dass du einen Moment Zeit hast. Ich wollte eben noch schnell über die Silvesterdekoration für mein Restaurant mit euch sprechen.«

»Das können wir doch auch nach den Feiertagen machen, Mona. Oder meinetwegen nachher, nach dem Essen. Ich kann den Braten jetzt nicht so lange unbeaufsichtigt lassen.«

»O Mann, ja, entschuldige. Ich bin so doof. Na, dann lasst uns hochgehen zu dir.«

Ein bisschen verdutzt war Salvia schon, denn Mona war normalerweise nicht so konfus. Aber möglicherweise hatte der Weihnachtsstress auch bei ihr Spuren hinterlassen. Sie ging voran und schloss die Tür zu ihrer Wohnung auf. Ging durch den kleinen Flur, betrat das Wohnzimmer und blieb stocksteif stehen.

Mitten auf dem Teppich saß eine kleine braune Katze mit lockigem Fell und sah sie mit großen grünen Augen an.

»SueSue«, krächzte sie. Und dann etwas normaler: »SueSue?«

Die Katze erhob sich und trippelte auf sie zu.

Salvia beugte sich zu ihr hinunter.

»SueSue?«

»MauMau.«

Als sie auf Salvias Arm saß, rammte sie ihren Kopf gegen ihr Ohr und schnurrte.

Salvia schniefte.

»Auf dem Gnadenhof hab ich sie gefunden«, grummelte Steve und stand einigermaßen betreten neben dem Weihnachtsbaum. SueSue zappelte wie verrückt und verlangte, auf den Boden gesetzt zu werden. Salvia gehorchte und wurde ihres Staunens kaum Herr. Warum sahen sich ihre Gäste so verlegen an? Warum stromerte SueSue zur Schlafzimmertür? Warum kratzte sie wie verrückt daran?

Salvia sah von einem zum anderen.

»Ich muss dir was erklären«, sagte Steve.

»Nein, du hast sie zurückgebracht. Du glaubst gar nicht, wie dankbar ich dir bin.«

»Wart's ab. Also, vor vier Tagen habe ich ihre Spur gefunden. Aber als ich sie holen wollte, verschwand sie plötzlich. Niemand auf dem Gnadenhof wusste, warum sie auf einmal weggelaufen war und wo sie sich versteckt hielt.«

»Aber sie ist trotzdem hier.«

»Ja, mir ist es gelungen, ihr Versteck zu entdecken. Sie hatte sich in die Hütte eines alten Hundes verkrochen und nachts heimlich von seinem Napf gefuttert. Auf die Idee ist niemand gekommen.«

Salvia lachte ein bisschen unsicher.

»Nein, klingt ungewöhnlich.«

»Es war noch etwas ungewöhnlicher. SueSue hat sich während ihrer Zeit auf dem Hof offensichtlich mit zwei Katern angefreundet. Einem dreibeinigen Grautiger namens Mac. Der – ähm – lebt jetzt bei mir. Und einem blinden Kartäuser. Der – ähm – lebt jetzt bei dir.«

Mona machte die Schlafzimmertür für SueSue auf, die Kleine verschwand. Es kruschelte und kratzte unter dem Bett. Dann kam sie wieder hervor und mit ihr ein grauer Kater, der vorsichtig Pfote vor Pfote setzte.

Salvia starrte den Grauen fassungslos an.

SueSue starrte sie an und gab ein fragendes »Mau?« von sich.

Salvia blickte von einem zum anderen, dann kniete sie nieder und nahm dem Kater die staubige, zerfetzte grüne Schleife aus dem Maul, die SueSue im vergangenen Jahr um dem Hals getragen hatte.

»Du bist SueSues Weihnachtgeschenk an mich, Kater?«

Er schnüffelte vorsichtig an ihrer Hand.

»Tinka, die Betreuerin im Gnadenhof, nannte ihn Mutzel«, murmelte Steve. »Aber irgendwie will mir der Name nicht passen.«

»Nein, der passt nicht.« Salvia betrachtete den Kater und strich ihm sacht über das samtige graue Fell. »Was mag dich nur auf den Gnadenhof gebracht haben?«

»Ein Junge hat ihn im Garten seiner Eltern gefunden. Er trägt einen Chip, aber die Besitzer wollten ihn nicht zurückhaben. Es taugte nicht mehr für Ausstellungen, blind, wie er ist.«

»Manchmal ...«

»Ja, manchmal.«

Der Kater brummelte vor sich hin, drehte aber seinen dicken Kopf in Salvias Hand.

»Und wie heißt du wirklich?«, fragte Salvia leise.

»Orrrr«, antwortete er, und SueSue, die sich an ihn drängte, maunzte: »Muuuuzzzz!«

»Ormuz, der Weise. Ja, das scheint sehr passend. Einverstanden, Ormuz?«

Der Kater fuhr ihr mit der Zunge über die Hand und leckte ihr dann gründlich den Zeigefinger ab. Salvia lächelte. Dann sah sie zu Steve hoch. Der lächelte auch.

In dem Augenblick erkannte sie, dass das Flattern in ihrem Magen nicht vom Hunger kam.

»Leute, es gibt Ente. Mit ganz viel Salbei. Ich denke, sie reicht auch für zwei weitere Freunde in dieser Runde.«

SueSue und Ormuz lagen unter dem Weihnachtsbaum neben der grünen Schleife und dösten mit rund gefutterten Bäuchen.

»Gut, nicht?«, schnurrte SueSue.

»Mhm.«

»War nicht schlecht für einen Dreibeinigen, uns hierherzubringen?

»Mmhm.«

Nachwort

Diese Geschichte hat eine Vorgeschichte, die ich Ihnen nicht verschweigen möchte. Wie immer hat eine Katze sie ausgelöst.

Es war im Frühjahr, als ein Fremdling begann, um unser Haus zu schleichen. Ein mageres, arg gezaustes Geschöpf mit hungrigen Augen. Mira und MouMou verhielten sich friedlich, obwohl sie sonst sehr herrisch über ihre Reviergrenzen wachen. Aber da die andere Katze keine Anstalten machte, gewaltsam durch die Katzenklappe ins Haus einzudringen, arrangierten die Herrschaften sich wohl.

Ich beobachtet das Tierchen eine Zeitlang – es war ausnehmend scheu, aber verlor von Tag zu Tag mehr an Fell und war um den Nacken herum schon fast kahl. Nachfragen ergaben, dass niemand aus der Nachbarschaft eine Katze vermisste, also stellte ich dem kleinen Hungerhaken täglich etwas Trockenfutter in den Carport, in der Hoffnung, dass er damit etwas zutraulicher würde.

Ja, manchmal durfte ich auf fünf Schritte an diese Katze heran, und dabei bemerkte ich, dass sie weit schlimmer heruntergekommen war, als es zuvor den Anschein hatte.

Wie also helfen?

Der Katzenschutzbund war die Lösung, eine Katzenfalle wurde mir angeliefert. Kinderleicht zu bedienen. Na ja ... Mausefallen sind einfacher zu handhaben.

Immerhin, Strubbel, wie wir die Katze mangels besserer Namenskenntnis nannten, ließ sich anfüttern, und dann kam der Abend, an dem ich die Klappe der Falle aktivierte und mit Ohren, groß wie Satellitenschüsseln, darauf wartete, dass der Hunger den Gast hineinlockte.

Kaum zwei Stunden vergingen, da schepperte die Falle, Strubbel saß drin und sagte etwas nicht Druckfähiges. Decke drüber, dunkles Zimmer, Katzenschutzbund angerufen. Die hilfreiche Dame kam, begutachtete den Gefangenen und brachte das ganze Arrangement zum vereinbarten Pflegeplatz.

Tags darauf erfuhr ich, dass es sich bei dem Streuner um einen unkastrierten Rassekater handelte – ein Devon Rex. Das sind zierliche Katzen, deren Besonderheit ein lockiges Fell und recht große Ohren sind. Das mit dem Fell hatte ich nicht erkennen können, viel hatte das arme Wurm ja nicht mehr davon. Außerdem war er FIP-positiv, weshalb der Verdacht nahe lag, dass ein Halter oder gar Züchter das Tier schlichtweg ausgesetzt hatte.

»...!«

An dieser Stelle stand etwas, dass das Papier versengt hätte.

Inzwischen aber hört der Kater, wieder in Vollbesitz seines lockigen Pelzes, auf den Namen Antonio und hat ein wunderbares Zuhause gefunden.

Es gibt doch noch nette Menschen.

Und mir hat Antonio diese Geschichte geschenkt.

Ich schenke sie Ihnen.